目次

離婚前提だと思っていたら、策士な御曹司からの執着愛が止みそうにありません

離婚前提だと思っていたら、
策士な御曹司からの執着愛が止みそうにありません

第一章　妊活はお仕事です～ドSな彼に絆されて～

まず始めに明言しておく。

私の三つ年下の夫は、良家に生まれた紳士で、ルックスがよく聡明《そうめい》で、気高くて自信に満ちていて、すべてを兼ね備えたパーフェクトな男である。

同時に、私をいじめるのが大好きなサディストでもあるのだ。


「こんばんは、梓《あずさ》さん」

上質なシルクの寝間着に身を包んだ彼が寝室に入ってきた。

彼、仙國綾世《せんごくあやせ》は旧財閥家の跡取りであり、大手不動産会社『仙國不動産』の次期社長。今年で二十八歳とまだ若く、ルックスがやたらといい。

雄々しさと涼やかさが両立する整った顔立ちに爽やかなミディアムヘア。

ジム通いなんてしていないはずなのに、ほどよく筋肉のついた上半身に、すらりと伸びる手脚。ちなみに身長は一八四センチとのこと。

男らしい体躯《たいく》とは裏腹に、罪作りな甘いマスクの持ち主で、今も見る者を魅了するたおやかな笑みを浮かべている。

「こんばんは、綾世くん。今日も遅くまでお疲れ様」

「梓さんこそ。帰宅が遅かったと伺いましたよ」

お互い仕事で忙しく、私が帰宅したのは二十二時。彼は二十三時を過ぎていたはずだ。シャワーを浴び終えて寝室で落ち合う頃には、すでに日付が変わっていた。

ひと足先に寝支度を整えた私は、色違いの寝間着姿でベッド脇に腰かけ、仕事の続きをしながら彼を待っていた。

「私は大丈夫。残業はいつものことだから」

私こと斉城《さいじょう》梓、三十一歳。得意なものは仕事、苦手なものは恋愛。仕事が恋人の働き女子——だった。つい二カ月前までは。

というのも、交際ゼロ日で電撃入籍し、斉城あらため仙國梓になったのだ。

「残業続きで疲れているでしょう？　先に寝てくださってもいいんですよ」

彼は長い睫毛をぱちりと瞬かせ、上品に微笑《ほほえ》んだ。

「それとも、そんなに俺に抱かれたかったんですか？」

挑発的なもの言いに、紳士的なイメージが一瞬にして崩れ去る。

「勘違いしないでっ！　そういうんじゃないから」

思わず声が大きくなってしまった。人を性欲の塊みたいに言わないでほしい。

「毎晩ベッドで待っているのは〝契約〟のためだから」

「さんざんかわいがられて、そろそろ愛が芽生えてきたのでは？」

「芽生えるわけないでしょう！」

わかってて言っているのだから憎たらしい。愛がないのはお互い様。自分だって愛してなどいないくせに。

「開き直って楽しんではいかがです？　好きでもない夫とのセックスとはいえ、体の相性はいいでしょう」

デリカシーの欠片もない発言に額を押さえる。

こういうところだ。良家に生まれ高度な教育を施され、文句のつけどころが見つからないくらいの完璧人間のくせに、妙に癇《かん》に障るのは。

「どう思っていようが、ちゃんと約束は果たすつもりだから安心して」

父が家業のために推し進めた政略結婚。

しかし、この結婚には裏があって、私と夫との間には、父も知らない密約が存在している。

「綾世くん、覚えてる？　跡取りさえ産めば、離婚してもかまわないって約束してくれたこと」

「もちろん」

彼がにっこりと笑って肯定する。

私が綾世くんと交わした密約、それは『跡取りを産む代わりに、自由を保障する』というもの。

彼は出産さえしてくれれば、その後は離婚でも別居でも好きにしてかまわないと言っている。

立場上、跡取りが必要だっただけで、妻が欲しいわけじゃないのだ。

結婚をしたくもないのに強いられた私と利害が一致した。

「望まない結婚とはいえ、そう悪くはない取引だったんじゃありませんか？」

この家に嫁いできたのは、危機に瀕《ひん》している家業を救うため。

綾世くんは跡取りさえ産めば離婚後も家業の後ろ盾をしてくれると言うし、彼の言葉通り、悪い条件ではない。

「それは理解してる。幸い、結婚を考えている人もいなかったし」

「梓さん、恋愛とは縁遠そうですしね」

……モテない女と言われた気がして、そっと目を閉じて荒ぶる心を落ち着かせた。

良家に生まれるとこういう台詞《せりふ》を悪意なく放てるようになるの？　いや、きっと彼が規格外なだけだ。

「仕事が楽しすぎて、恋愛する時間がなかったんだ」

「それは残念ですね。梓さん、美人なのに」

そう言って涼しげな眼差しでこちらを一瞥する。

一応「ありがとう」と言いかけたとき、彼の口から「――ただ」という逆説が飛び出した。

「男を寄せつけないオーラが強すぎて、一般の男性は逃げていく気がしますが。あなたに寄ってくるのは、養われたいヒモ男か、刺激目当ての既婚男性くらいでしょう」

「なっ……！」

あまりにも失礼だ。だが、当たっている……。私はイエスともノーとも答えられず、頬を引きつらせた。

顔は父親譲りで彫りが深く、ひとつひとつのパーツがくっきりとしている。ハーフに間違われることもあるくらいだ。

高身長と気の強そうな顔つきが災いして、男性からはよく距離を置かれる。

「図星でしたか？」

品よく微笑する彼。もしかして相手が気を悪くするとわかってて言ってるの？　ムッとして顔をしかめていると、彼は優雅な所作でベッドに腰かけ、不機嫌な私に向き直った。

「誤解しないでください。俺はあなたを気に入っているんです。負けん気が強くて素直じゃないところも、頑固で融通が利かないところも。ハイハイ言ってついてくるだけの女性じゃ、つまらないでしょう？」

私の顎を指先で押し上げ、距離を縮めてくる。

反射的にのけぞって距離を取った。全力で警戒する私を彼は不思議そうに眺める。

「ヒモ男と不倫男以外に、あなたを愛してあげられるのは俺だけですよ」

「……仰々しい言い方しないでくれる？　ただの妊活だから」

苦し紛れに反論するも彼は気にとめず、私の髪をひと房持ち上げて、そっとキスをした。鋭い眼差しがこちらに向き、ドキリと鼓動が高鳴る。

いまいち好きになれない男でも、その美麗すぎる表情で真っ向から見つめられると、思考がかき乱された。

「知ってますよ。強がりなあなたを素直にさせる方法」

私の背中に手を回し、慣れた仕草でベッドに押し倒す。自身の体を重石にして、私が潰れない程度の圧力で自由を奪った。

甘い拘束。彼の温かな唇が首筋に触れる。

「っ……」

戸惑いきゅっと目を瞑《つむ》り、再び瞼を開けたときには、愉悦をたっぷり含んだ目がじっとこちらを見つめていた。

「こうするだけで、途端にかわいくなる」

かっと頬が熱くなり、口もとを隠す。

生まれてこの方、かわいいなんて言われた経験がない。『格好いい』なら女子校時代に後輩からよく言われたし、『綺麗《きれい》』ならいくらか覚えがあるけれど。

彼は体を重ねるたびに、私が不慣れな『かわいい』を口にするから調子が狂う。

こちらのペースを乱すのが好きなドS男。そうと知りながらも危うく騙されそうになる自分が憎らしい。

「今夜も始めましょうか。俺に愛されたくて、ベッドで待っていたんでしょう?」

狡猾《こうかつ》な笑みを浮かべた彼は、荒々しい口づけで妊活をスタートさせる。

舌が奥深くまで忍び込んできて、私の官能ポイントをくすぐった。

「っん……」

「我慢しないで。声、あげていいですよ」

弄ばれているのは唇だけじゃない、彼の手が私の胸もとに触れ、寝間着のボタンをひとつひとつ解いていく。隙間から滑り込んできた指先の感触に、抑えていた声が溢れそうになった。

「っ……あ……」

「ちゃんと声、あげてくれるまで続けますから」

そういじわるに宣言すると、彼の指がさらに奥まで伸びてきて、愉悦の蕾をつついた。咄嗟に喉の奥が開いて嬌声が溢れ出す。

「っあ……あぁん……」

啼き声をあげたあとで我に返り、羞恥に打ちのめされる。

これは契約の一過程、旧財閥家の嫁として避けられない仕事、そう頭で理解しながらもこの快楽から抜け出せない自分がいる。

「梓さん。かわいいです。すごく」

彼はうっとりと囁きながら愉《たの》しそうに寝間着の上下を脱がせ、あらわになった肌を唇で愛撫《あいぶ》する。

これは仕事、これは仕事、そう頭の中で唱え、心の波を押しとどめる。

「素直に俺のものになっちゃえばいいのに」

私の脚を抱き上げ、太ももにキス。艶《なま》めかしい視線がゆっくりと脚を上っていき、狙いを定めるかのようにつけ根で止まった。

それだけで下腹部がずくんと疼き、息が上がってくる。

「そんなリップサービス、いらないからっ……！」

絆されそうになる自分が怖い。息まく私を嘲るかのように、彼はすっと目を鋭くして、私の下腹部に顔を近づけてきた。

「やぁっ！　ああっ……」

下着の隙間を縫って与えられた刺激にびくりと足が突っ張る。

シーツを握りしめて必死にこらえた。気を抜くと快楽の沼に落ちてしまいそう。

「本当に――強情なんですから」

困ったように漏らすものの、私の反応を楽しんでいるのは明白だ。

そして人を小バカにする口調とは裏腹に、彼の指使いはとても丁寧。ゆったりと強《こわ》張《ば》りをほぐして、命の種を植えつける準備をする。

下着をすべて剥ぎ取られ、愛を穿《うが》たれた瞬間、抵抗するのをあきらめた。本能をかき立てる快楽も、心地よいほどの痛みも、全部契約のため。

彼の背中に手を回し、律動にその身を委ねる。

「……嫌いな男に抱かれてこんなに蕩《とろ》けちゃう梓さんって、相当Mですよね」

そんな私で楽しむあなたは絶対Sよね。

憎まれ口のひとつも叩いてやりたいけれど、体が昂りすぎてそれどころじゃない。

「ああ……本当に、かわいい」

甘い響きに眩暈《めまい》がする。愛されているのではないか、そんな錯覚がしてきて、違う違うと考えを振り払う。

「俺の名前も呼んでくれません？　できればかわいく。じゃないと俺、いつまでもイケないかも」

私が極みに達する直前、動きを止め、いたぶるような台詞を吐く。

これ以上、長引かれては体が耐えられない、一瞬でも早くこの地獄のような愉悦を終わらせたくて、彼の名を囁く。

「……綾世……くん」

荒い呼吸の中、悲鳴のように名前を紡ぐと、彼は満足げに口角を跳ね上げた。

「梓さん。どうしてほしいです？」

「……して。最後まで。できれば最速で……」

「俺はもっと楽しみたいんですけど?」

「無理……これ以上は、死んじゃう……」

息も絶え絶えに訴えると、彼はくすりと吐息をこぼした。

「仕方ないなあ」

不満げに言い放ち、さらに深く愛を貫く。目の前に白い火花が散って、意識が朦朧《もうろう》としてきた。

「どうして……こんなに――」

気持ちよく感じてしまうのだろう。愛なんて微塵もないはずなのに。

男性経験はあるけれど、こんなに深く溺れていく感覚は彼が初めてだ。

「イイのかって?」

言えなかった言葉を彼が口にする。もう恥ずかしがるほどの体力も残っておらず、ぼんやりとした頭で彼を見つめる。

「それはもちろん。俺たちの相性がいいからです。あなたがパートナーでよかった」

薄れゆく意識の中、彼の甘ったるい吐息が耳に届く。どうやら彼も極みに達したみたいで、ゆっくりと私から体をどかした。

眠い……すごく。力尽きるように目を閉じる。

「妊活、お疲れ様でした」

疲労から朦朧としていると、後処理を終えた彼が私の頭の下に腕を差し入れた。髪を撫で、よく眠れと言うように私の腰にそっと手を添える。

ことを終えた彼は、どことなく優しい。私がヘトヘトで頭が回っていないだけかもしれないけれど。

「お疲れ……様……」

反射的にそう答え、遠慮なく腕を借りて眠る。

すとんと体の力が抜け、すぐさま夢の中へ。彼との記憶はいつもここで途切れる。

「梓さん。あなたって……本当に……」

愛でるような囁きが、遠くで聞こえた気がした。


翌朝。毛布を乱暴に剥ぎ取られ目を覚ました。

「起きてください」

毛布の下は昨夜のまま――つまり裸だ。

私は思わず「なんなの!?」と悲鳴をあげて、枕で体を隠した。寝ぼけ半分で、悠然と仁王立ちする夫を睨《にら》みつける。

彼はすでに上質なスリーピースのスーツに袖を通し、髪もきちんと整えていた。この感じだと、朝食も済ませたのだろう。

「仕事へ行くんでしょう？　遅刻しますよ」

にっこりと笑って警告する。表情と行動の整合性が取れていない。

「だからって一糸纏わぬ妻の最後の砦《とりで》を剥ぎ取るなんてどういう了見!?」

「キスしても起きないから、仕方なく」

キスしたの!?　思わず両頬を押さえると、彼がトントンと唇を指した。

まさか唇に？

「寝起きを襲うなんて、尊厳的にあり得ない」

「おはようのキスのどこが尊厳を踏みにじってるって言うんです？　俺たち、夫婦じゃありませんでしたっけ？」

「むしろ起こしてくれなくていい。私の目覚ましをあなたが止めないでいてくれれば、それだけで充分なんだけど」

「だってうるさいんですもん。あなた、全然起きないし」

相変わらず満面の笑みで、どこが悪いのかと言いたげな顔だ。

そもそも、こんなに朝がつらいのは誰のせいだと思ってる？　あなたが毎晩さんざんかわいがってくれるからでしょう？

——と嫌みのひとつもぶつけてやりたいものだが、おもしろがって余計に妊活がエスカレートしそうなのでごくんと呑み込む。

「仕事に生きるんでしょう？　なら朝くらい、きちんと起きてください」

「言われなくても……！」

彼のうしろ姿に向かってベッと舌を出す。

まったくなんて腹の立つ男だろう。人の目覚ましを勝手に止めておいて、自分で起こしてドヤ顔するなんて。

「……昨夜のアレはなんだったって言うのよ」

さんざんかわいいと言ってじゃれついてきたくせに。落差が激しすぎてスンとした気持ちになる。

すぐに子どもを産んで別れてやるんだから。そう心に決めて、床に落ちていた寝間着に袖を通した。

綾世くんはひと足先に出社。私が遅れて夫婦専用の食堂に向かうと、大きなアンティークテーブルに朝食が並んでいた。

この家には専用の料理人と給仕がいて、毎日食事を用意してくれる。

朝から多くは食べられないので少量で、とオーダーしてあるのだが、少量の小鉢が懐石料理のごとくずらりと並ぶので大量、そして壮観だ。

旧財閥家ともなると、毎食がご馳走《ちそう》なのか。私だってそれなりの家に生まれたけれど、朝はご飯、鮭《さけ》、玉子焼き、味噌汁《みそしる》、おひたしの五点セットだった。

それでも充分ちゃんとしていると思っていたのに、目の前に並んだ料理はどこか世界が違う。

「おはようございます。梓様」

給仕がシルバーのワゴンに温かいご飯や味噌汁、お茶を載せてやってくる。

私が部屋を出た瞬間を見計らっていたのかというくらい絶妙なタイミング。

毎日のことだからある程度予測はつくとしても、きっちり時間通りに行動する几帳面な夫と違って、私はムラがあるので見張っていないと無理だろう。

帰宅時にはお風呂を沸かして出迎えてくれるし、いつの間にか服にアイロンがかかっているし、靴はピカピカに磨いてくれるし。

いくら彼らの仕事がそれだからとはいえ、使用人のみなさまにはお世話になりすぎて頭が下がる。

「いつもありがとうございます。毎日こんなによくしていただいて、なんだか申し訳ありません」

思わず謝罪が出てしまったのは、彼らと違って私は、財閥家の妻たる仕事なんてなにもしていないからだ。

朝食をいただいて会社に行って、帰ってきたらお風呂に入って眠るだけ。自分のことしかしておらず、あやかるだけあやかって、なにも返せないのが心苦しい。

通りかかった使用人頭の影倉《かげくら》さんが「どうかお気になさらず」と声をかけてくれた。

彼は古くからこの家に仕える使用人で、綾世くんやそのご両親から絶大な信頼を得ている。

歳は六十になるそう。使用人はみなスーツ姿だが、彼だけは特別で、執事然としたロングテールコートを着ている。

「梓様が仕事に集中できるようにと、綾世様から申しつかっておりますので」

「本当にありがとうございます。助かります」

給仕と影倉さんは、にっこりと愛想よく微笑んで食堂を出ていった。私が気を遣わなくて済むように、食事中は席を外してくれるのだ。

ちなみに、鈴を鳴らせば秒で飛んでくる。

「……やっぱり異世界だわ」

誰にも聞こえない声でぼそりと呟いて息をつき、いただきますと手を合わせた。

料理人に給仕、ほかにもお世話係が数名、そして彼らをまとめる使用人頭。雇うだけでも相当な金額だ。

旧財閥家の収入は計り知れないし、それらを使って経済を回してくれるのだからありがたい話なのだろう。

ちなみに綾世くんのご両親は健在で、ただいま海外出張中。

お義父様は仙國不動産の社長を務めているが、グローバルな会社だけあって海外にいる時間が長いそう。

実質この屋敷には、私たち夫婦と使用人しかおらず、悠々暮らしている。

望まない政略結婚とはいえ、あまりにも快適な生活と仕事しやすい環境。これで家業の後ろ盾にもなってくれるというのだから、むしろ感謝すべきかもしれない。

「問題は夜のアレよね……」

夜のアレ——夫婦の営み。

とはいえ、言うほど苦痛には感じていない自分がいる。綾世くんが思っていた以上に私を丁寧に扱ってくれるからだろう。

「一応、体を気遣ってくれているみたいだし……」

本当に疲れているときはちゃんと寝かせてくれる。彼は決して無理強いをしない。

「相性も……まあ……」

いい方。というか、とてもいい。彼と体を重ねて、満たされなかったことがない。

「ちょっと生意気で性格が捻《ね》じ曲がってるけど、それなりにモラルのある夫でよかったのかもしれない」

仕事に心血を注ぐ私にとって、好きなだけ働いていいと言ってもらえたのがなによりも救いだ。

財閥の妻らしく家に入れなんて言われていたら、とっくに病んでいたと思うもの。

彼もかなりのワーカーホリックで、帰宅はいつも二十三時過ぎ。そのすれ違い感もちょうどいい。

だったら離婚しなくてもいいんじゃないか、そう思う瞬間もあるけれど、よくよく考えてみるとやっぱりそんなわけにもいかず……。

「私みたいにかわいげのない年上妻じゃ、あの生意気夫もちょっとだけかわいそうな気がするし」

なにしろ彼は若い。今は恋愛に興味がないと言っていたけれど、この先、もっと素敵な女性が現れて、恋のひとつもするかもしれない。ルックスがよく育ちもいい、肩書きもこれ以上ないくらいに完璧。綾世くんみたいな男性は、若くてかわいいプロ彼女と一緒になるべきだ。

なにより、愛のない男女がいつまでも一緒にいるのは、健全ではない。だがまずは妊活だ。跡取りを授からなければ、離婚もなにもない。

なるべく栄養のありそうなおかずに手を伸ばしながら、朝食を済ませた。

通勤は電車。使用人は『車で送り迎えいたしますよ』と言ってくれるが、そこまで頼るのもはばかられて辞退している。

電車を乗り継ぎ二十分。駅ビルの二十階から二十五階までが私の勤めている大手ハウスメーカー『ポピーホームズ』のオフィスだ。

商業建築やエネルギー事業など幅広く手がけている会社だが、私が所属しているのは住宅事業部門。

一級建築士の資格を生かし、戸建て住宅やマンションの建築、リノベーションなどを担当している。

建築士のほかにもインテリアプランナーや福祉住環境コーディネーターなど資格を

多く取得したおかげか、同期の中で一番に出世し、第二設計部の係長に昇進した。

「おはようございます」

私がオフィスに入ると、一番に反応したのは同期入社の濱岡梨花《はまおかりんか》。

同じ設計部に所属していて、役職的には私の下になるが、頼りになる同僚だ。

「おはよう。今日、十五時からの千賀《せんが》様との打ち合わせ、顔出せる？　構造部分で大きく変更が入りそうだから、立ち会ってほしいんだけど」

「十三時から別の打ち合わせが入ってるから、ぎりぎりになるかもしれない」

「了解。遅くなるようなら間を繋《つな》いでおく」

ひとつの案件には、営業、設計者、工事監理者、インテリア担当やエクステリア担当など、複数名でチームを組んで対応する。

彼女は計画立案から着工、物件の引き渡しまで総合的な工程を管理するチームの中心的存在だ。

対する私は、各チームの調整や技術サポート、設計の最終確認などレビューア的な立場にいる。

濱岡いわく、私は『厄介な仕事ばかりが回ってくるポジション』にいるそうだが、やりがいがあって気に入っている。

急ぎのタスクを片づけ、デスクで簡単な昼食をとった。

十三時から打ち合わせがあり、ゆっくり食べている時間はないので、一階のカフェで買ってきたサンドイッチをお腹《なか》に詰め込む。

メールを確認しながら食べていると、時刻は早くも十三時十五分前。

一緒に打ち合わせに参加する営業の畠中《はたなか》さんが声をかけてくれた。

「斉城さん、このあとよろしくお願いしますね」

畠中さんは三十代前半の男性、やり手の営業さんだ。決算期なのでなんとしてでも契約を取りたいと気合いが入っている。

「はい！　すぐに向かいますので、先にお客様をお迎えしていてください」

ちなみに、結婚して名字が『仙國』に変わったわけだが、仕事中は旧姓の『斉城』を名乗っている。

離婚するときにその方がスムーズだから――とは決して口にはできないけれど、そんな秘められた思惑があるのは確かである。

私は印刷した図面を持って別フロアにある来客用スペースへと向かった。

展示場も兼ねており、バス、キッチン、トイレ、建具などの最新設備や、床材や壁紙、屋根や外壁の見本などが置かれている。それらのサンプルをお客様と見たり触ったりして確認しながら計画を立てていくのだ。

私が到着すると、ちょうど畠中さんがお客様を打ち合わせ用の個室に通し終えたところだった。入口で頭を下げ、丁寧に挨拶する。

「お世話になっております、向井《むかい》様。本日もよろしくお願いいたします」

向井様は七十代の上品なご夫婦で、テーブルに座りながら不安そうな眼差しをこちらに向けた。

「斉城さん、先日ね、他の会社さんからこの土地で分離型の二世帯住宅は無理だって言われたの。おたくにお願いすれば本当にできるかしら?」

お客様の多くは、複数のハウスメーカーに並行して見積もりを依頼している。クオリティや金額を天秤《てんびん》にかけ、最良のメーカーに依頼したいとシビアな目で比較しているのだ。

そんな悩めるお客様に弊社の強みを説明して、契約まで導くのが私の仕事である。

「もちろんです。弊社は自由度の高い設計が強みですから、充分実現可能だと思っております。サンプルをご用意いたしましたので、ご要望と照らし合わせて検討してみましょうか」

向井様は息子夫婦と暮らすために建て替えをご希望だ。

玄関を分け、生活スペースを完全に分離した二世帯住宅。加えて、全員が集まれる大きなリビングを作りたいと要望があがっている。

「まずは、大まかな間取りを考えてみました」

もちろん設計時には正確な測量を行うが、まだ契約前ということもあり、地図から得た情報で簡易の設計プランを立てた。印刷した図面をご夫婦それぞれに渡す。

「こちらがプランA、一階と二階で分ける形で二世帯住宅を作った場合ですが――」

奥様がリビングスペースを指さし、目を丸くする。

「あら！　こんなに広々としたリビングが作れるの？」

ご主人は胸ポケットから眼鏡を取り出し、少々懐疑的な眼差しで図面を覗き込んでいる。

「他のメーカーさんからは、木造だと柱が必要だから、大きな部屋を作るのは難しいと言われたんですが」

「そこは私どもの構法ならではです。耐震性を落とすことなく広い空間が作れます」

独自に開発した強固な構造で大空間を実現する。これがポピーホームズの強みである『自由度の高い設計』の基盤になっている。

「B案も作ってまいりました。ふたつの二階建て住居をリビングで繋いでいます。将来的に足腰が心配ということでエレベーターを設置したのですが、その分、どうしても自由になるスペースが限られてしまいますので、広さを確保したいのであればA案がお勧めです」

二枚の図面を比較しながら説明していくうちに「収納を増やしてほしい」「小さな書斎を作れないかしら」と要望がどんどんあがってくる。

私はPCを起動し、要望に沿って直接CAD図面に修正を加えていった。造り付けの収納を増やし、各部屋の大きさを微調整して書斎スペースを作り、柱を移動して構造を計算。

図面が3Dモデルに反映される。パソコン画面の中に現れた家の立体模型に、ご夫婦は目を見開き興味津々になった。

3Dモデルは外観のイメージだけでなく、家の中を歩いているかのように視点を動かせる。玄関からリビングに移動すると、奥様は「窓が大きくて明るいリビング、素敵ね～!」と手を打ち合わせた。

「無料のご相談なのに、ここまでやってくださるなんて」

驚いているご主人に私はにっこりと頷く。

「大きな買い物ですから、我々としても、しっかりとご納得いただきたいので」

感動しているご夫婦に、すかさず営業の畠中さんがたたみかけた。

「実は今月末までにご契約されると、解体工事費用が無料になるキャンペーンをやっておりまして、そのほかにも――」

決算期の特別値引きだ。ご夫婦の目がきらりと光る。

打ち合わせを始めて二時間。値引きの効果もあり、ご夫婦は契約を決断してくれた。

どんな家が建つか楽しみだわと、笑顔で帰っていくおふたりを見て、やっぱりこの仕事は素晴らしいと再確認するのだった。


濱岡に頼まれた打ち合わせにも出席し、終わる頃には十八時。展示場は営業終了だ。とはいえ、このあとも設計や内部の打ち合わせなど盛りだくさんで、仕事はこれからといった感じ。とくに決算期は立て込んで忙しい。

私は休憩スペースで、濱岡とともにコーヒーを飲んでひと息ついた。

「お疲れー。さっきの打ち合わせ、急だったのに出てくれてありがとねー」

彼女も当然のように残業で、微糖の缶コーヒーをドーピング剤のごとく胃に流し込んでいる。

「なかなか癖の強いお客さんだったね」

「ほんっと、厄介な顧客だった。あんな狭い土地に広々とした書斎なんて作れるわけないじゃない。ビフォーアフター系番組の見すぎだってー」

「まあ、私は好きだけどなー、狭小住宅の建築って。難易度が高い方が燃える」

「うはは、斉城って、Mだよねー」

コーヒーが気管に入りかけてゲホッとむせる。同じような台詞を昨夜、ベッドの中で言われたような気がして。

「なに？　どうしたの？　随分といいリアクションくれるじゃない。思い当たる節があった？」

「そんなんじゃないんだけど……ただ昨夜、旦那に似たようなことを言われたなって」

「はあ!?　どんな惚気よ。こちとら仕事ばっかりでお付き合いもご無沙汰だってのに」

濱岡は深く息をつくと、テーブルに肘をついてげんなりと項垂《うなだ》れた。

「それにしても、結婚は絶望的だと思ってた斉城が、超優良物件こしらえてくるなんて思ってもみなかった」

あはは、と苦笑する。夫のことは『親に紹介された男性で、会社役員をしている』

と説明した。

顔が見たいとしつこく迫られたので、縁談で使われた写真を見せたら、イケメン・金持ち・将来性抜群の超優良物件だと騒ぎ立てられてしまった。

「男はいらない、仕事が彼氏だとか言ってなかったっけ？」

「ああ……うん。そうだったね」

今もそのつもりではあるのだが、言い訳しても嫌みにしか聞こえないだろうから苦笑いで黙っておく。

「あーあ。大事にヒモ男を育んでたあんたが玉の輿《こし》とはねー」

「その話はもう忘れて……」

就職してすぐに付き合い始めた男性は、『俺と仕事、どっちが大事？』という捨て台詞を残して去っていった。

しばらくして仕事に理解のある男性とお付き合いを始めたけれど、私が昇進し給料がアップしていくにつれてヒモ化していった。

共同口座を作りカードを渡したのが間違いで、入っていたお金をすべて使い切って姿をくらました……。

「そういえば、不倫に手を出したこともあったっけ？」

「あれは未遂！　っていうか既婚者だなんて知らなかったの。関係深める前に気づいて即別れたから、カウント外」

縁談が持ち上がる数カ月前のこと。当時デートを重ねていた男性は、経済的にも精神的にも成熟した包容力満点のイケオジだった。ヒモ事件から反省し、以前とは真逆の男性を選んだのだ。

しかしデート中に、彼の携帯端末に女性から『パパ大好き』というチャットメッセージが届いたからさあ大変。パパ活を疑い問い詰めたところ、相手は実の娘だと判明。なんと既婚者だったのだ。

その場ですぐに別れ、連絡先をブロック。一線を越える前に気づいたのが不幸中の幸いだった。

あらためて振り返ってみるとダメ恋ばかり。

恋愛結婚はあきらめ、仕事に人生を捧げようと心に決めた矢先の縁談だった。

「その顔とスタイルに、バリキャリで高学歴高収入ときたら、大抵の男は引くもんね」

「顔がきついのは自覚してる。父親似なの」

「きついっていうか美——ううん。なんでもない。自覚されると腹が立つから、そういうことにしておこう」

彼女はもごもご言いながら、落胆とともに頬杖をつく。

「でも斉城さあ、お父さんに感謝しなよ？　見る目ない娘の代わりに、立派な男を連れてきてくれたんでしょう？」

「う、うん。そうだね……」

本当は結婚なんてしたくなかった、なんて言えるわけもなく、曖昧《あいまい》に濁して頷く。

「あーあ、羨ましい。仕事も家庭も順風満帆で完全に成功者じゃん。私も残業ばっかしてないで、早くいい男を見つけなきゃ」

彼女はグビッと缶コーヒーを飲み干して、ひと足先に休憩スペースを出ていく。

私はその場にひとり残り、天井を仰いでため息をついた。

「そういうんじゃ、ないんだけどな」

親に命じられた結婚なのに、成功だなんて言われると、どこかうしろ暗い。

「家庭も仕事も充実させたいって考え方は、よくわかるけれど」

うちの部署には育児と仕事を両立させるロールモデルとなる女性がいる。

東雲保恵《しののめやすえ》課長、四十四歳。私の上司である。育休後、即職場復帰し出世を遂げたハイパーウーマンだ。彼女に憧れる女性社員は多い。

私もそのうちのひとりだ。出産を終えたら早々にシッターや保育施設を探して、できる限り早く職場復帰しようと考えている。

昔気質な父は『女は社会に出なくていい』と言うけれど、私は社会と関わって生きていたいのだ。

幸い綾世くんは両立を支持してくれている。離婚後も親子ともに快適な生活が送れるよう全面的にサポートしてくれるという。

「しっかりしなくちゃ……!」

子どもも私も、みんなで幸せになる。そのためにはまず、彼との子どもを身ごもらなくてはと決意を新たにした。

第二章　密約婚～完璧な彼が恋愛をしないわけ～

私の実家は地方ではそこそこ名の知れた建設業者で、近隣一帯の建築や建設、土木工事を大小広く手がけている。俗に言う地場ゼネコンというやつだ。

周辺住民からの信頼も厚く、経営も順調。

祖父が築いた地盤を父が固め、やがては私たち兄妹へと受け継がれる——そう信じ、少しでも家業の役に立とうと、私は大学の建築学部へ入学した。

すでに大学を卒業した兄ふたりは家業に就き、後継のために勉強中。

私もそのあとに続き、兄妹三人で会社を支えるつもりでいた。

しかし大学三年生になり、当然のように家業の就職試験を受けるつもりであると父に告げると、予想外の答えが返ってきた。

「お前は就職しなくていい。いずれよき妻になれるよう、家で母さんと一緒に花嫁修業をしなさい」

もともと勉強はあまり期待されていないと知っていた。

進学校で主席を取り、日本有数の建築学部へ入学を決めたときも、すごいと褒められながらも「そんなに頑張らなくていいんだぞ」という、どこか熱のこもらない言葉をかけられた。

それでも、結果さえ出せば評価してくれると信じていたのだ。なのに――。

どうして自分は経営に参加させてもらえないのか。尋ねると耳を疑う返答がきた。

「女は社会に出なくていい。これは男の仕事だ」

女だからダメだというの？

得た知識をすべて眠らせて、家で家事をしていろだなんて、あんまりだ。

不条理に耐えきれなくなり、私は大手ハウスメーカーに就職を決めると、絶縁するかのごとく家を出た。

働き出してからは、父を見返したい一心だった。女も社会で活躍できる、立派に役に立てる、そう証明したかったのだ。

そして仕事は楽しかった。頑張れば頑張っただけ結果が返ってくる。顧客が喜んでくれる。周囲の人たちが認めてくれる。

私が就職したポピーホームズでは男も女も関係なく、結果だけがすべてだ。

実際、東雲課長は女性にもかかわらず、結果を出した分だけ出世していった。私もこういう女性になりたいと憧れ、精一杯頑張ってここまできた。

そんなときだった。父から「縁談がある」と言われたのは。

もちろん興味などなかったが、家業がライバル企業に買収されるかもしれないと打ち明けられ、渋々耳を貸した。

「このままでは経営陣は総退任、従業員も多く解雇される。頼む。お前の兄たちや、会社に尽くしてくれた従業員とその家族のためだと思って、縁談を受けてくれ」

私を良家に嫁がせて、強力な後ろ盾を作り、買収を逃れる計画だという。

プライドの高い父に頭を下げられ、挙げ句、兄たちや従業員、その家族まで引き合いに出され、断れるわけがない。

縁談相手は不動産業界のトップに君臨する『仙國不動産』の社長令息、仙國綾世。

仙國家といえば旧財閥の名家である。

「でも、お父さん。そんな良家の方が、どうしてうちとの縁談に応じてくれたの?」

同じ経営者とはいえ、こちらは地方の一企業にすぎない。相手は次男といえども、あまりにも格が違う。

「誠実に頭を下げて頼み込んだ」

「本当に了承してくれたの?」

「もちろんだ」

そう頷き、自信満々に釣書を見せてくれる父。開くと、お相手の輝かしい経歴が記されていた。

全国トップレベルと名高い難関高に入学し海外留学。その後、イギリスの名門大学に進学。卒業後は家業の不動産会社に入社。部長、常務ととんとん拍子に出世して、現在は専務取締役を務めているそうだ。

写真を見て、どれだけ加工しているんだと呆れ果てる。俳優顔負けの顔面偏差値だ。椅子に座っているので、はっきりとはわからないが、スタイルがよく背も高そうだ。

この経歴にこのルックスはできすぎだ。見た目は期待しないでおこう。加えて――。

「年下なのね……」

現在ぴちぴちの二十七歳。今年度で二十八になるという。早生まれで、学年的には私より三つ下だ。三十超えの私が相手じゃ、がっかりするのではないだろうか。

「ちなみにお父さん。私の写真は送らなかったの？」

「成人式の写真を送った。最近の写真はなかったからな」

「……それ、詐欺よ？」

写真より十歳も歳を取った女性が現れたら、テーブルをひっくり返したい気分になるだろう。

まあ、相手も写真を盛っているのだからおあいこか。

こちらは藁《わら》にも縋る思い。ひとまず詐欺でもなんでも、その仙國綾世という人物に会ってみることにした。


父親経由で顔合わせの打診をしたが、相手は仕事が忙しいようで、なかなか日程が決まらない。平日の夜ならなんとか都合をつけられると聞き、仕事終わりに当人たちだけで会食をすることになった。

今から四カ月前、七月の出来事である。

その日は蒸し暑く、小さめのトランクケースにワンピースとパンプス、クラッチバッグ、メイク道具、ヘアアイロンを詰め込んで出社した。

早めに仕事を終わらせて、近くのビジネスホテルで着替えとヘアメイクを済ませてから待ち合わせ場所に向かうつもりだった。

しかし、そんな日に限って仕事でトラブルが発生。部下が施工会社の手配を誤り、着工が間に合わなくなってしまったというのだ。顧客は不信感を募らせ、契約を破棄させてほしいと言っている。

慌ててお客様のお宅に向かい、憤慨するご夫婦へ丁寧に謝罪した。

なんとかことなきを得たものの、気がつくとすでに約束の時間。慌てて相手の留守電に遅れる旨の連絡を入れ、着替える間もなく会食に向かった。

約束の時間から遅れること一時間半。ようやく待ち合わせ場所の高級レストランに到着。

怒って帰ってくれていれば、いっそ救われたのだが、忙しいはずの彼が待っていたので、申し訳ない気持ちが噴出した。

「遅くなってしまい、申し訳ありませんでした！」

レストランの一番奥にある最高級の個室に足を踏み入れてすぐ、私は椅子に座って腕を組むその男性に向かって深く頭を下げた。

しばらく経ってもリアクションがなく、おそるおそる顔を上げる。

そこには釣書の写真通りの男性が座っていた。上質なスリーピースのスーツに身を包み、涼しげな美貌《びぼう》でこちらをじっと見つめている。

あの写真は加工じゃなかったの？　こんなにレベルの高い顔面をお持ちの御曹司がこの世に存在する？

自覚した瞬間、この縁談はもうご破算だなと確信した。私と釣り合うわけがない。

エレガントな彼とは対照的に、安っぽいパンツスーツに身を包む私。髪は雑にまとめたまま。急いでいたから汗ばんでいてメイクもボロボロ。加えてこちらは釣書の写真を十歳もサバを読んでいる。

しかし、彼は怒鳴るでも蔑むでもなく静かに立ち上がり、反対側の席に回り込んで椅子を引いた。

「初めまして。仙國綾世と申します。仙國不動産の専務を務めております」

眼差しで座るように促され、呆然としたまま席に向かい、腰を下ろす。

「一応、遅れてきた理由を伺っても？」

彼が静かに問いかけてくる。謝罪に行ったときよりよっぽど緊張する。

「……仕事でトラブルがありまして。部下がミスを――いえ、事前に気づけなかった私の責任なのですが。結果的にお客様に大変なご迷惑をおかけしてしまい、今しがた謝罪に行ってまいりました」

おずおずと切り出すと、彼は正面の椅子に座り直し腕を組んだ。

「それで。お客様にはご納得いただけたんですか？」

「はい。誠心誠意、謝ってまいりました。今後調整を重ねながら、くれぐれも慎重に進めていくと――」

ふと彼の目線が私の手もとに向かっていることに気づき、話を切る。

「あ」

無意識に掴んでいたのはトランクケース。入口で預けようと思っていたのだが、慌てすぎてここまで引きずってきてしまった。

「そのトランクは？」

「ええと……一応着替えるつもりで持ってきたんですが時間がなくて。こんな格好で申し訳ありません」

頭を下げると、彼は「そうですか」と淡々と言い放ち、グラスの水を口に運んだ。こう冷静な対応をされると、逆に怖いのだが。

「食前酒はワインでかまいませんか？」

「え」

さらに何事もなかったかのように尋ねられ、私はぽかんと口を開いた。この期に及んで私と食事をするつもりがある？

「あの……仙國さん。気を悪くされたのでは……？」

「仕方がなかったんでしょう？」

それを言ってしまっては身も蓋もないのだが。そもそも私は縁談をお願いしている側であって、遅刻をして許される立場ではないはずだ。

「ですが、仙國さんも非常にお忙しいと伺いましたし。大切な時間を奪ってしまったのは事実なので」

「その重みを自覚してくれていれば結構です」

鋭い眼差しで念を押すように言い放つ。怒って許してやるほど甘くない――そう言われているようで、彼の厳しさを垣間《かいま》見た気がした。

「もしもあなたが、遅れているにもかかわらず悠長に身だしなみを整えてこようものなら、縁談は断っていました。それから『ミスはすべて部下のせいだ』と言ったなら帰っていたと思います」

すっと背筋が凍る。私は試されていたのだろうか。

今さらながら恐ろしくなってきた。

「なにより責任を投げ出してここに来るような人間は論外です。あなたが縁談より仕事を優先する女性で、むしろ安心しました」

驚きのあまり言葉を失う。私は彼のお眼鏡にかなったのだろうか？

定かではないが、及第点だったのかもしれない。彼の口もとがふっと緩まり、厳しかった表情が柔らかな笑みに変わる。

「……それに、実は私も先ほどここに着いたばかりなんです。仕事が押してしまいまして」

彼の口からぽつりと漏らされたひと言に、私は心底胸を撫で下ろした。

「っ、よかった……！　あ、いえ、喜んではいけませんが。お待たせしないで済んだと聞いて、少しだけ気が楽になりました」

責任ある立場の人だ、彼の時間はお金以上に価値があると思うから。

すると彼は店のスタッフと秘書を呼びつけ、個室を手配するよう指示した。

「着替えてきてかまいませんよ」

「えっ!?　ですがこれ以上お時間を取らせるわけには――」

「落ち着かないんでしょう？　さっきから髪に触れたり服を整えたり。それでは食事になりませんから」

「も、申し訳ありません！」

戸惑いながらも勧められた通りレストランを出て、スタッフに連れられホテルの一室に向かう。

通された部屋はまさかのスイートルーム。休憩だけでも何十万とする部屋だ。

遅刻した上にこんな豪華な部屋を使わせてもらい、今も彼を待たせているのだと思うと、申し訳なくて胃がきゅうっと痛くなってくる。

でも、ここまで来たからにはもうやるしかない、そう意を決して服を脱いだ。

さすがにシャワーまで浴びるふてぶてしさはなく、手持ちのボディシートでササッと汗を拭う。

袖口がシースルーの黒いワンピースに着替え、グレージュのヒールパンプスを履き、同色のクラッチバッグを持つ。

髪は巻き直すと時間がかかるので、編み込みを入れてラフめにアップし、メイクはポイントだけさっと手直しする。職業柄、手早いメイク直しには慣れているのだ。

部屋の前で待機していたスタッフとともにレストランに戻ると、彼は着替え終わった私をまじまじと観察した。

吟味されてる？　立ったままごくりと喉を鳴らし、彼の言葉を待っていると――。

「スーツの方がお似合いですね」

「え、ええ……？」

混乱して頭が真っ白になる。ドレスが似合わないって言いたい？

「……まあ、釣書よりはマシですが」

今のは嫌みだろう。今度こそ破談じゃなかろうかと思えてきた。

わけもわからず椅子に座ると、彼は喉の奥でくつくつと笑みをころした。

「仕切り直しましょう。それで、ワインでかまいませんか」

「あ、はい。いただきます」

食前酒でまずは乾杯する。もうすでに当初の待ち合わせから二時間は経過していて、レストランもラストオーダーの時間だ。

そこから食事を始めようというのだから、この御曹司、結構な変わり者なのでは？と疑い始める。

「それで。入籍はいつにしましょう」

突拍子もない質問に危うくワインを吹きかけ、ゲフッとむせた。

「え……いや……あの……」

「なにを驚いているんです？　そのために来たんじゃないんですか？」

「それはそうなんですけれど……いいんですか？　見た目的にもお好みではなかったようですし」

「見た目？　充分お美しいですよ。スーツの方があなたらしさがあって素敵だと言っただけです」

褒められているような、けなされているような。ドレスよりスーツの方が〝らしい〟ってどういう意味だろう？

やはりこの人、相当な変わり者に違いない。

「失礼ですが、どうして縁談を受けてくださったんですか？　仙國さんにお似合いの女性は、ほかにたくさんいらっしゃると思うんですが」

彼は優雅な所作で食事を進めながら、私の質問に答える。

「正直俺は、恋愛や結婚に興味がありません。今は父の後を継ぐために、仕事に注力したいので。ですから妻となる人に、夫婦の時間やデートなど、そういったものを期待されても困るんです」

ふと違和感を覚え「失礼ですが」と私は口を挟む。

「お父様の後を継がれるご予定なのですか？　確か、お兄様がいらっしゃったのでは？」

「私が後を継ぐ予定です」

理由については語ってはもらえなかったが、断言される。

もしかしたらお兄様は、ご病気とかお怪我とかなにか理由があって後を継げないのかもしれない。これ以上は深く尋ねない方がいいだろう。

彼は「話を戻しますが」と前置きして、ナイフとフォークを置いた。

「結婚に興味はないとしても、跡継ぎについては真剣に考えていかなくてはなりません。相続の問題も出てきますし、親族間の争いに発展するのは困る」

ああ……と私は天を仰ぐ。旧財閥家、世襲による経営、想像もつかないほどの資産——明確な跡取りがいなければ、それらを巡り泥沼の争いが起こるだろう。

「ですから、私が相手をしなくても逞しく生きてくれるような、よく言えば自立した、はっきり言えば手のかからない女性を妻に迎えたい。子どもさえ産んでくれれば、あとは好きに生きていただいてかまいません」

「好きに……？」

むむっと私は顎に手を添え考え込む。

〝良家の妻らしく家に入れ〟〝子育てに専念しろ〟——そう言われるのかと思っていたのだが。

〝自立した女性〟〝好きに生きてかまわない〟——彼の求める女性像は、昔ながらの良家の妻のイメージとは異なるようだ。

「それは……出産さえすれば、妻が社会に出てもかまわないと？」

試すように尋ねると、彼はニッと口の端を跳ね上げた。

「もちろん。育児にご不安があれば、看護師資格を持つ優秀なシッターを二十四時間お付けしましょう。子どものことはすべて任せていただいてかまいません。あなたは今まで通り、好きなことを好きなだけ――お仕事に集中したいのでしたら、存分に働いてください」

驚いて目を丸くする。思ってもみない好待遇……！

まさか財閥家に嫁いでも会社勤務ができるとは夢にも思わなかった。

「本当にいいんですか？　妻が外で働いていても」

食べるのも忘れてテーブルに身を乗り出すと、彼はにっこりと微笑んで食事を再開した。

「はい。かまいません。所詮、夫婦ごっこですから」

ぴくりと頬が引きつる。その冷ややかなもの言いはまるで、お前は子どもを産むための駒にすぎないのだと釘を刺されたかのよう。

「お話しした通り、あなたを愛しているわけでもないし、絆を深めるつもりもない。跡を継ぐ人間が生まれた、その事実だけが欲しいんです。それさえ満たしていただけるなら、そのあとは離婚でも別居でも好きにしてもらってかまいません。全責任は私が取ります」

きゅっと唇を引き結ぶ。やっぱりこの人、頭がおかしいかもしれない。

普通の女性ならこんな夢も希望もない結婚、冗談じゃないと逃げ出すだろう。

だが、私にとっては好都合だ。

「……本当にそれでかまいませんか？　出産さえすれば、離婚してもいいと？」

「はい。産んでいただく対価として、あなたの自由を保障します。もちろん、あなたのお父様とお約束した通り、家業の後ろ盾も引き受けましょう」

悪意のない綺麗な笑みを浮かべて、情の欠片もない台詞を吐く。

言葉通り、心底家庭に興味がないのだろう。彼の中では結婚も子育ても、ただの義務でしかない。

良家に生まれ育ち、ルックスもよくて、将来も約束されていて、すべてを完璧に持ち合わせているはずなのに、どこか心が欠けている。

「わかりました。その条件でお願いします」

冷めた気持ちで返事をしたあと、彼をじろりと睨みつけた。

「ですが勘違いしないでいただきたいのは、子どもを産んで逃げるような無責任な真似はいたしません。私も育児に参加させてください。母親としてできることはするつもりですし、愛情も注ぎます」

子どもを産むからには幸せにしてあげたいし、母親としての責務もまっとうしたい。

「やるからには仕事と育児を両立させてみせます」

私の言葉に彼は目を丸くして、パチパチと長い睫毛を瞬いたあと、楽しそうに口もとを緩めた。

「あなたは責任感が強くて、真面目な方ですね」

どこか満足したように漏らす。

「わかりました。子育てはあなたにお任せします。もちろん私も父親としてできることをしましょう。経済的な助力はもちろん、仕事と育児を両立したいのであれば、子どもを安心して預けられる最高級の保育施設やシッターをご用意します」

テーブルの上で手を組み、淡々と条件を連ねる。まるで仕事の契約を交わすときのような顔だが、誠実な眼差しは信頼に足るように思えた。

「将来的には、その子が会社を継ぎたいと望むなら跡取りとしての教育を施しますし、望まないようなら資産のみ相続させてもいい。悪いようにはしないと約束します」

本人の意思とは関係なく、無理やり跡継ぎ教育を施すような人なら、育てた子を渡すような真似はしたくないと思ったけれど。

どうやら大丈夫そうだ、この人は我が子を、跡を継がせるための道具とは考えていない。ちゃんと人として見てくれているようだ。

「ひとつ聞かせてください。もしも女の子が生まれたらどうしますか？」

父のように『女は社会に出なくていい』と言うのか。それとも――。

「……不思議なことを聞きますね」

彼はわずかに首を傾げたけれど、動じず涼しい顔のままで答える。

「跡継ぎに性別は関係ないと考えています。私のような男も、あなたのような女もいるのですから」

彼の言葉に心の底から安堵した。彼は父のようにはしない。跡取りが男でも女でも、ちゃんと意思を聞いてくれる、そう思えた。

「それを聞いて安心しました」

私がこくりと頷き、それを見た彼が賛同するかのように目を閉じる。それが双方合意の合図だった。

「それではすぐにでも入籍を。あなたは引っ越しの準備を進めてください。子どもを授かるまでは同居してもらいます。その方が都合がいいでしょう」

都合というのがなにを意味しているか、察してドキリとするけれど、平静を装う。

「離婚や別居は、あなたのお好きなタイミングでどうぞ」

まるでご褒美でも差し出すかのように、綺麗な表情でにこりと微笑みかけてくる。

「わかりました。追い追い考えていきたいと思います」

まずは彼との間に子どもを授からなくては。私の『自由』については、無事に出産を終えてから考えよう。

愛情など欠片も存在しない、利害だけを突き詰めた結婚。もう後戻りはできない。

私は交際ゼロ日、愛のないプロポーズを受けることに決めた。


それから一カ月後、私たちは式も挙げずにスピード入籍。さらに一カ月後には彼の実家に嫁ぎ、出産に向けた妊活を開始した。

彼とは深く関わらず、約束を果たして離婚しよう、そう心に決めていた私だったが、予期せず壁にぶち当たる。

彼との子づくりだ。

そういう行為が初めてというわけではないし、相手がイケメンだなんてラッキーくらいに思っていたはずなのに。

いざ寝室で彼と向き合うと、自分でも驚くほど動揺してしまった。

ベッドの上、彼はとびきり艶っぽい。迸《ほとばし》る男の色気。シルクの寝間着の、その上からでもわかるほど立派な体躯。なのに繊細で麗しい顔立ち。

凡人が相手をするには荷が重すぎる――そう直感した私は、気がつけばのしかかってくる彼に手を突っ張って延期を提案していた。

「あの、ちょっと待ってください。嫁いで早々というのもアレですし、ひとまず三日くらい置いてみません?」

彼が胡乱《うろん》な目でこちらを覗き込んでくる。

「梓さん。もしかして、初めてです?」

「ち、違いますっ! ただ、いきなり知りもしない人と体を重ねるのは、深層意識が拒んでいるっていうか」

「知りもしないもなにも。先月からあなたの夫になった男ですが」

「それはわかってますけどもっ」

心の準備が!

彼は、私から距離を置くと「いいですか、梓さん」とあらたまった。

「これはエッチではなく、種撒きです」

「言い換えただけですよね」

彼は深く息をついて、やれやれといった感じで肩を落とす。

「では、梓さん。まずは俺への敬語をやめてみましょうか」

「はい?」

なにを提案されるのかと思えば、話し方？　目を瞬いて彼を覗き込む。

「一応、俺の方が年下ですから。綾世と呼んでください」

「綾世……いや、でもさすがに……じゃあ、綾世くん……」

呼び方を試していると、不意に人差し指を鼻先に押し当てられ、私は目を丸くした。

「知らない男とするのに抵抗があるなら、知ればいい。慣れればいいんです」

「慣れ……る？」

敬語をやめたからって慣れるものなの？

無理がある気もするが、距離を縮めようと気を使ってくれているのはわかる。

『愛しているわけでもないし、絆を深めるつもりもない』——そう言っていただけに、意外な展開に鼓動が騒ぎ出した。

「目を瞑って。今日は俺が奉仕しますから」

「ほ、奉仕って——え、ええ……??」

「いいから、早く」

彼の大きな手に視界を覆い隠され、反射的に目を閉じた。

もうひとつの手が私の後頭部を支える。そのままゆっくりとうしろに倒され、気がつけば背中にマットが当たっていた。

慌てて起き上がろうとすると。

「そのまま、目を閉じていて」

肩の上に手を置かれると、不思議と体が動かなくなった。頬をくすぐる柔らかな吐息。彼から発せられるほんのりとした熱に呑み込まれていく。

「あの――」

唇を開いた瞬間、不意になにかがぶつかり、ちゅっと音が鳴った。ぱちりと瞼を開くと、至近距離に端正な顔があって息が止まりそうになる。

気がつけば胸もとのボタンが解けていて、彼の指先が滑り込んできた。お腹から背中に向かって、体温が移動していく。

「綾世くんっ……」

「痛くしたりしませんから。怯えないで」

首筋に唇を這わしながらそう囁かれ、鼓動が忙《せわ》しなく高鳴り始める。

無理やりされたなら悲鳴のひとつでもあげられるのに、こんなに優しく触れられては拒めない。

愛でるように胸をついばまれ、甘い痺《しび》れが全身を駆け抜ける。

「あっ――……」

思わず声が漏れ出てしまい、咄嗟に口もとを隠した。

「なんだ。かわいい声も出せるじゃないですか」

嬉しそうに囁きながら、唇と指先で私の体を丁寧にほぐし始める彼。

年下の男性に『かわいい』と言われるとは思ってもみなくて、どうリアクションしたらいいのかわからない。

罪悪感とは裏腹に体がじわじわと昂っていく。

「あ……やだ……ダメ……」

拒む手に力が入らない。認めたくないけれど、いつの間にか彼の熱に溺れている自分がいて――。

「強気な方だなあって思ってたのに」

指を絡め、甲にキスを施しながら、彼はうっとりと目を細める。

「ベッドではかわいいんですね。梓さん」

「やめて、嘘……かわいいとか、思ってもないこと――」

「本当ですって。ほら」

手を握られたまま、蕩けた下腹部を反対の手でつつかれ、恥ずかしさと心地よさで気が触れそうになった。

体はしたいと言っているのに、心は置いてけぼりでどうしたらいいのかわからない。

「今日は練習のつもりだったんですが。梓さんの体、なんだか欲しがっているようなので」

ゆったりとした仕草で、彼が寝間着を脱ぎ始める。逞しい胸もとがあらわになって、体を満たす熱が心にまで侵食してくる。

これは種撒きであり、妻としての仕事であり、ただの妊活だ。

体が彼を求めるのは仕方のないこと。そう自分に言い聞かせて、この昂りに合理的な説明をつける。

「本番、しましょうか」

私をベッドに縫い付けるかのように両手を顔の横について、影を落とす。

暗がりの中でわずかにきらめく瞳が、目を逸らさせまいとこちらを睨んでいた。

「大丈夫、力を抜いて」

その夜、突き抜ける快楽にか細い悲鳴をあげながら、律動する大きな体を必死に受け止めた。

初めての妊活。過去に恋人はいたけれど、あんなにも心地よく乱された一夜はこれまでなかった。

あれから彼はほぼ毎晩、夫婦の寝室にやってくる。自分の部屋があり、専用の寝室もあるはずなのに、仕事でどんなに帰りが遅くなっても、律儀に私のいるベッドに潜り込んできて、隙あらば妊活を始めようとする。

夫婦ごっこ、妻にかまう暇はない、そう言っていたにもかかわらず。随分と熱心に励むので不思議なくらいだ。跡継ぎの誕生をよほど急いでいるのだろうか。

「出会いは最悪だったはずなのに」

仕事を理由に縁談に遅れてくるような面倒な年上女をわざわざ選ばなくても、もっと都合がよく魅力的な女性がいたのではないか。

とんでもない資産家でルックスも最高級の彼なら、若くて従順で美しい女性のひとりやふたり、探すのは容易だろう。

「どうして私を選んだんだろう？」

考えるほどに不思議である。私を妻に迎えようだなんて、綾世くんの頭の中はさっぱり理解できない。

お互い仕事ばかりですれ違いの日々。

ハウスメーカーは開発やモノづくりという側面以上に、お客様との打ち合わせがメインになる職業だから、サービス業と同様に土日は営業日である。お休みは火曜と水曜で、一般的な会社員とは休みが合わせづらい。

彼に至っては、土日が休みのはずなのに毎日スーツ姿で出かけていき、年中無休の様子。

しかしその日、珍しく帰宅時間が重なり、夜八時に夫婦専用の食堂で顔を合わせた。

「あ、綾世くん。お疲れ様」

「お疲れ様です」

彼はスーツのジャケットを脱いでおり、シャツにベスト姿。髪型はきちんとしていて、家の中でも良家の気品を漂わせている。

この家は常に使用人がいて誰かしらの目があるため、気が抜けないのだろう。

私ですらロングスカートに薄手のニットという、このまま外に出ても恥ずかしくない格好をしている。ラフな部屋着は嫁ぐときにすべて捨ててしまった。

「この時間に帰ってくるなんて、珍しいね」

「……偶然、会食がキャンセルになったもので」

私たちは広々としたアンティークテーブルに向かい合って座る。

夫婦が揃ったからだろうか、今日は普段よりいっそう豪華なコース料理。

給仕が食前酒と前菜を運んできてくれる。彼は普通のワインで、私の方はノンアルコール。

前菜は色とりどりの野菜や魚介を包んだジュレで、とてもおいしそうだ。

夕食を一緒に食べるのは久しぶり、というか、この家では初めてかもしれない。朝食時にすれ違うことはあっても、向き合ってディナーを食べた記憶がない。

正面の席には何度見ても飽きない端正な顔。今日は寝室ではなくリビングにいるせいか、いつも以上にクールな表情をしている……。

一緒に食事をした回数よりも、体を重ねた回数の方が多いなんて。そんな血気盛んな夫婦、私たちのほかにいるかしら？　と思わず頬が熱くなる。

「……なんですか？　人をじろじろと見て」

「あっ、や、な、なんでもない」

慌てて目線を落とし、前菜を食べ始める。見た目通り、とても美味だ。

「これ、すごくおいしいね」

「おかわり、もらいましょうか？」

「あー……ううん、大丈夫。メインディッシュの前にお腹いっぱいになっちゃったら悔しいし」

そこで会話は途切れ、ふたりして黙々と料理をいただく。

なんとなく気まずいような……。かといって仕事の話題は悪い気がするし、プライベートに関しては立ち入るつもりもない。

どう話しかけようか悩んでいると、不意に彼が切り出した。

「梓さんも今日は帰りが早かったようですが」

「ああ、うん。決算期が終わったから、勤務時間を調整中。これまで残業をたくさんした分、早く帰るようにしてるの」

「先月は随分残業をしていたようですしね」

残業時間は規定を大幅に超えていて、あははと笑ってごまかす。

「綾世くんこそ、休んでるところを見ないけど。ちゃんとお休み取れてる？」

そう尋ねたところで、とある可能性に思い当たり「あ」と声をあげた。

そういえば、出張だと言って幾度か寝室に来なかった日があった。あれは実は、出張などではなくて……。

彼は怪訝《けげん》な目をして「なんです？」と続きを促す。

「もしかして、仕事がお休みの日は外泊してる？」

彼が「は!?」と腰を浮かせた。

そんなに驚くところだろうか？　優雅な彼が動揺しているのを初めて見た。

「どうしてそうなるんです？　まさか浮気を疑っています？」

「違う違う、そうじゃなくて」

結婚早々浮気をするような女好きなら、そもそも私を選ばないと思う。私が言いたいのは――。

「うちの会社にも、週末になるとホテルに泊まってリフレッシュする人がいて」

「ああ……そういう」

彼は座り直しながら、もの言いたげな顔で私を見つめている。

「別に責めているわけじゃないの。実家だと息が詰まるだろうし、気分転換は全然悪いことじゃないと思ってる」

「あなたが待っているのに、外泊などしませんよ」

「ううん。全然待ってないから大丈夫」

彼はぎょっとした顔でこちらを睨む。

「あなた……涼しい顔で、人のことどうでもいいみたいに」

「え？　なに？」

「――いえ、なんでもありません」

彼はなぜかがっかりしたように、額に手を当ててふうっと息をつく。

「単純に忙しくて休みがないだけです」

「だとしたら、私に負けないワーカーホリックね。ううん、私より酷いかも」

ちゃんと休んだ方がいい、親切心でそう言おうとして言葉を止めた。

私だったら仕事に余計な口出しはされたくない。心配するのは簡単だけど、それで解決するような問題ではないもの。

休めるようならとっくに休んでいるはずだし、無理をしなければならない状況だからこうなっているわけで。言うなれば責任感の表れでもある。

「……お仕事、頑張ってね」

それだけ告げると、彼はじっと私を見つめて幾度か目を瞬いた。

「休めとは言わないんですね」

「え。言った方がよかった？」

「いえ。ですが、だいたいの方は、心配だのなんだのと言ってくるので」

「そんなに子ども扱いしないよ。綾世くんなら自分で制御できるでしょう？」

その歳で専務を任されるほど優秀な人だ、私に心配されずとも、自分の限界をよく知っているはず。

彼はふっと口もとを緩ませ、食前酒を口に運んだ。

「おそらく、そういうところなのだと思います。私があなたに妻役をお願いしたのは」

「ん？　余計なお節介を焼かないところ？　綾世くん、そういうの嫌いそうだもんね」

私が前菜に集中していると、先に平らげた彼がぽつりと呟いた。

「お節介を焼くよりも、信じる方がよっぽど難しいですから」

「え？」

「……いえ。なんでもありません」

ふたりの食器が空になると、新たな料理が運ばれてくる。次は濃厚なエビのビスクだ。給仕が部屋から出ていくのを見計らって、彼が口を開く。

「梓さん、提案があります。この家を出ませんか」

「は？」

まさかさっそく別居の提案？　それとも離婚？　私、やっぱり妻としてダメだった？

青ざめて固まっていると、彼は淡々と話を進めた。

「さっきあなたが言った通りです。大勢の使用人とともに暮らすこの家では、気が休まらないでしょう。やがて両親も帰ってきますし。夫婦で新居に引っ越しませんか？」

「ああ、そういう意味……」

勘違いだとわかり胸を撫で下ろす。離婚前提とはいえ、結婚三カ月でいきなり三行半を突きつけられたらさすがに傷つく……。

「それに子どもが保育園や学校に入ってからでは引っ越しは難しくなる。今のうちに生活環境を移しておいた方がいい」

すると彼は部屋の外に声が漏れないよう、小さくつけ足した。

「離婚後の住まいを提供するという意味でも、新居があった方がいいでしょう。いざとなれば私が出ていけば済む話ですから」

どこか切ない表現に、胸がひゅっと縮んだ気がした。

離婚を前提に、私と子どもが安心して暮らせる場所を用意してくれるつもりなのだ。

「……気を使ってくれて、ありがとう」

素直にお礼を告げると、彼は「いえ」と短く答えて、考えるように目を閉じた。

「新居の希望はありますか？　戸建てでもかまいませんし、低層マンションならセキユリティが万全で安心かと思います。タワマンでしたら託児所や病院なども併設されていて、住みやすいと思いますが――」

彼の提案を聞きながら、ふと良案を思いつき、スープを飲む手を止める。

「お願いがあるんだけど……戸建てを私に設計させてもらえないかな」

意外だったのか、彼が目を見開き驚いた顔をする。

「梓さんが設計を？」

「実は結婚する前に、自分の家を建てようか悩んでいた時期があったの。みんなには『家族ができてからの方がいい』って言われたんだけど、結婚の予定もなかったから、もう一生おひとり様前提で建てちゃおうかなって」

……言ってて虚《むな》しくなってきた。

自分の家を建てる社員は多い。社割が利くし、建てた家をモデルハウスや建築実例として提供することで費用が抑えられる場合もある。お客様に説明するときも、自分の経験談で勧められるから強みになる。

「マイホームの設計は、建築士の夢なのよ？」

力説すると、彼の口もとにニヤリとした笑みが浮かび上がった。挑発するような目でこちらを見下ろしてくる。

「では、土地だけ私の方で手配しましょう。設計についてはお任せします。梓さんのお手並み拝見です」

お手並み拝見と言われたらやるしかない。挑発に乗って「望むところよ！」と拳を握る。

「言っておきますけど、クオリティが低ければ容赦なくダメ出ししますからね。ずさんな設計したら承知しませんから」

「も、もちろん……！」

自信はあるものの、このねちねちとした御曹司がどんなクレームを申しつけてくるか想像すると、少々怖くもある。

ううん、弱気じゃいけない。いつも通りの仕事をすればいいのだ。

ポピーホームズの注文住宅は、業界内でも高品質で有名だから、目の肥えた彼にも自信を持ってお勧めできるはず。

「ちなみに、土地はあてがあるの？」

「探そうと思えばいくらでも。うちが不動産業だとお忘れですか？」

私は「あ」と声をあげる。

「お互い仕事もあることですし、都心に簡単にアクセスできて、子育てがしやすい地域を探してみます。広めの土地をご用意しますので、好きに設計してください」

「広め、というと？」

「そうですね。広い分にはいくらでもかまわないんですが、それはそれで管理が大変でしょうから……二百坪程度でしょうか？」

「……その三分の一くらいで充分だと思う」

将来、子どもとふたりで住むことを考えると、二百坪なんてとんでもない。敷地の中で子どもが迷子になってしまう。休日は掃除だけで終わりそうだ。

「都心の一等地ですよ？　広ければ広いほど資産になるのに」

「資産は自分で働いて作る主義だから」

「欲がありませんね。まあ、いいです。いくつか候補を出しますから、好きに選んでください」

選べって言ったって、きっと全部豪邸レベルの土地なんでしょう？

贅沢すぎる――と言いたいところだけれど、しばらくは綾世くんも一緒に住むわけだし、それなりに豪勢な家を建てなければ彼に対して失礼だ。

彼用のリビング、寝室、書斎は必須。二世帯住宅に近い形でもいいかもしれない。

あとは私の寝室兼書斎、子ども部屋、そして子どもを見守りながら料理ができるアイランドキッチンが欲しいところだ。

「なんだか楽しみになってきちゃった」

普段はお客様の要望第一で設計するけれど、自分の好きにできると思うと腕が鳴る。

うきうきしながらスープを綺麗に平らげると、彼は珍しく打算の感じられない柔らかな笑みを浮かべた。


食事を終えた私は、自室に向かう綾世くんに声をかけた。

「もしよかったら、書斎を見せてくれないかな？　普段どんな環境で生活しているのか、新居の参考にしたいから」

必要な家具や設備はもちろんだが、私物の量も把握しておかなければ、どの程度の大きさの部屋を用意すればいいのかわからない。

おずおず声をかけると、彼は「かまいませんよ」と快く返事して部屋まで連れていってくれた。

私たちの寝室の隣に彼専用の寝室兼自室があって、そのさらに奥に書斎がある。

中を覗くどころか、前を通りかかったことすらなく、私にとっては未知の空間だ。

「どうぞ。あまり綺麗ではありませんが」

「お邪魔しまーす……わ、すごい」

広さに関して言えば、私の自室の半分程度。

だが飛び抜けているのは、巨大な本棚とその蔵書量だ。壁三面を埋め尽くす本棚には、天井までびっしりと本が並んでいる。

中央には執務卓があって、窓もなく、まるで図書館の中にいるみたいだ。

「子どもの頃に読んだ本や図鑑。コレクション目的で集めた学術書も並んでいますから。ほとんど飾りです」

確かに奥の本棚を見ると、子ども用の読み物や図鑑などが並んでいる。

「新居に持っていくとしたら、この棚の分だけで充分ですよ」

端の一角を指して説明する。並んでいるのは不動産や法律に関する本が多く、仕事に使っているのだとわかった。

――だが、むしろ私が興味をかき立てられたのは、『成皇《せいこう》学園高等学校』という背表紙のついたぶ厚いアルバムだった。

「綾世くん、これ、もしかして卒アル的な？」

「ええ。まあ……。見てもおもしろくはありませんよ？」

なんとなく嫌そうな表情になったのを察知して、いたずら心が疼いた。

超ハイスペ御曹司だって、黒歴史のひとつやふたつあるんじゃない？

「つまり、見てもかまわないってことだよね？」

制止がかからないのをいいことに、私はずっしりとした卒業アルバムを手に取る。

成皇学園とは偏差値の高さと学費の高さが有名で、お嬢様・お坊ちゃましか通わない学校として知られている。

「さすが成皇……」

校内の様子や生徒たちの日常が写真に収められているが、そのいずれも気品に満ちていて、普通の高校とは明らかに違っていた。

とにかく身につけているものが高級だ。制服の袖口から覗く腕時計を見て、いったいいくらするのだろうと寒気がした。

女子生徒たちは見るからにセレブで、艶やかな髪に女優メイク。男子生徒たちも清潔感が尋常ではない。

高校生独特の青春っぽさや熱量が感じられず、寂しい気すらする。

「で、綾世くんは……？」

探し始めて、すぐに目についた。女子たちの視線を一心に集めている超イケメンがいる。

今より若干細身で手脚がすらりと長く、シャープな顔立ちと女性のように瑞々《みずみず》しい肌艶。すでに完成された美貌がそこにはあった。

「綾世くん……変わらないね……」

「そうですか？　変わったって言われる方が多いですが」

確かに、若い頃の彼はファッションモデルのように中性的で美しいが、今の彼を例えるならばレッドカーペットを歩く主演俳優。男前で貫禄《かんろく》がある。

とにかく、どう転んでも格好いいことに変わりない。

超ハイスペ御曹司に黒歴史なんて存在しなかったんだわ……。

あきらめてアルバムを閉じようとしたとき。どこかのページに挟まっていた写真が一枚、ひらりと抜け落ちてきた。

「あ。ごめんなさい」

咄嗟に拾い上げて、その異様さに言葉を失う。

制服姿の女の子三人が仲良く肩を並べている写真。その真ん中に写っている女の子の上半身が、黒いマジックで塗りつぶされていたのだ。

「っ、それはダメです……!!」

綾世くんが動揺した声をあげ、私の手から写真を奪い取った。

黒塗りの写真にもびっくりだが、彼の慌てようにも驚いて、ぽかんと口を開けたまま固まる。

彼はアルバムの適当なページに写真を挟み込み、視界から追い出すかのように本棚に戻した。なんとも言えない気まずそうな表情に、私はごくりと息を呑む。

「あれは……その。見なかったことにしてください」

「あ……うん」

軽々しい気持ちで尋ねちゃいけない空気を感じ取り、ただこくりと頷く。

黒歴史はあった。それも禁忌レベルのヤツが。

「……新居の書斎ですが、簡単な執務卓と本棚があればそれでかまいません」

「……わかった。見せてくれてありがとう」

部屋の前で見送られ、そそくさと自室に戻る。部屋に入りドアを閉めたところで、こらえていた息を思いきり吐き出した。

黒塗りにされた女子生徒の写真。そして〝恋愛や結婚に興味がない〟という彼の発言。あんなにもハイスペックでモテるはずなのに浮ついたところがなく、恋人を作らない理由――。

過去にあの女子生徒となにかあったのでは。そう考えると、まるで各々の事象が線で繋がったかのようにしっくりときた。

彼女は元カノだろうか。あるいは片想いをしていた人？

いずれにせよ、ふたりの間に記憶から消せないなにかがあったのだと、あの異様な写真と、それを見たときの彼のリアクションが物語っている。

「昔の女性を引きずってる……ってこと」

高校時代からとなると、十年以上だ。かなり根深い。

どんな事情を抱えていようと私には関係ない――そう思っていたけれど。どうしてだろう、胸がもやもやとして気分が悪い。

心配か、同情か、あるいは彼の心を十年以上も捉えている女の子の存在が気がかりなのかもしれない。

「……軽率なこと、するんじゃなかった」

過去を覗き見ようなんて考えたから悪いのだ。自業自得である。

後味の悪い結末に、ため息とともに肩を落とした。

第三章　甘え上手な年下くん～セレブ買いは禁止です～

この一カ月、私は比較的早帰りが続いていて、綾世くんの方も週に一、二回のペースではあるが家で夕食をとるようになった。

まだまだワーカーホリック気味だが、週ゼロ回に比べたらかなりの進歩だ。

ふたりが揃うと、夕食がコース料理になる。先に食卓に着いた私は、ノンアルコールワインを飲みながら、のんびりと彼が来るのを待った。

少し遅れてやってきた綾世くんは、今日もシャツにベストがきりりと決まっていて、我が夫ながら麗しい。

「お疲れ様。最近、帰宅が少し早くなったね」

ちなみに、夜の方は相変わらず頻繁にご一緒してるけども、世間話という空気ではないから、こうしてあらたまって顔を合わせると少し緊張する。

「最近、秘書が気を回すようになりまして。新婚なんだから早めに帰った方がいいと」

「ありがたいねー」

「気にせず仕事を押し込んでくれてかまわないんですが」

どうやらワーカーホリックの改善は彼の意思ではなく、周囲の気遣いのよう。

「まあ、早く帰ってきても、かわいい嫁が待ってるわけでもないしね」

かわいげのない年上女が待っていてもモチベは上がらないだろう。

自虐交じりに言ったのだが、彼は真に受けたのか、食前酒をゲホッとむせた。

「自分で……そういうこと……」

「皮肉じゃないよ。かわいい嫁じゃない自覚あるし」

彼はコホンとひとつ咳払いして、気まずそうな顔で目線を漂わせる。

「俺があなたに求めるのは……そういう、単純なかわいさとかじゃないんで」

珍しく言い淀《よど》む彼に、私は目をぱちりと瞬いた。

「……ああ、妊活？　そっちは頑張るつもりだけど」

生理が終わったばかりのお腹をぽんぽんと叩く。なぜかげんなりとした顔をされるが、彼の表情が読めないのは、ざらにあるので今さら気にしない。

「子ども、なかなかできないね。検診で異常はなかったのに。もう一度婦人科に行って相談してみようか――」

首を傾げたところで、綾世くんが「それはいいですから」と食い気味に言った。

「でも、綾世くんも気になるでしょう？　こんなに……その……してるのに」

うまく言えずにもごもごしていると、彼は冷静に首を横に振った。

「そうやって焦るのが一番心身によくありません。授かりものですし、気長に構えましょう。何度検査をしたって変わりませんよ」

涼しい顔で食前酒を口に運ぶ。

子どもを作るために私と結婚して、毎晩妊活にいそしんでるのに、こんなに悠長なのはどうしてだろう？

不思議に思いながらもこれ以上は問い詰めず、給仕が運んできた前菜に手をつける。

「そういえば梓さん、今日はオフでしたよね。出かけていたと聞きましたが」

話題を変えるように綾世くんが切り出す。使用人さんから聞いたのだろう、確かに今日はオフで、午前中は家で仕事を、午後は外出していた。

「うん。この前、新居の候補地のリストをくれたでしょう？　どれもすごくよくて判断に迷ったから、現地に足を運んでみようと思って」

綾世くんがナイフとフォークを持つ手をぴたりと止める。

「ひとりで……行ってきたんですか？」

「うん。ひとまず二カ所だけ」

「車を出してもらえばよかったのに。そのための使用人なんですから」

「電車の方が周辺の環境もよくわかるし。やっぱり足を使うのが一番だよ」

わざわざ車を出してとお願いするのをはばかられた、というのもあるが、交通の便を確認したかったのも事実だ。

「土地はどこも優良だから。あとは住環境だよね。日常生活はもちろん、子どもを安心して預けられる場所がないと。それから防犯も。夜になると明かりが少ない道とか、都心でも結構あるから」

滔々《とうとう》と語る私を、彼はぽかんとした顔で見つめている。すると――。

「俺にも声をかけてくれればよかったのに」

ぽつりと呟いた彼に、私は目を丸くした。

「え……でも、綾世くん、めちゃめちゃ忙しいじゃない？」

「半日くらいどうにかして空けますよ」

彼の言葉に衝撃を受けて、フォークから前菜のサーモンがぽろりと落ちる。

『夫婦の時間やデートなど、そういったものを期待されても困るんです』と距離を取りたがっていたのは誰だったか。

「梓さん、水曜はオフなんですよね？　来週なら調整がつきますから、残りの箇所はふたりで回る、それでいいですね？」

「う、うん……もちろんいいけど……」

彼はそれでいいのだろうか。妻と一緒にいるより、仕事をしたいと言っていたのに。

困惑していると、綾世くんの表情が威圧的な微笑みに変わった。

「梓さん……俺と一緒に出かけたくないんです？」

相手を黙らせるときに使う問答無用の笑み。慌てて「そういうわけじゃ」と手をパタパタ横に振る。

「俺たちがあまりに行動をともにしないのを周囲に不審がられても困りますし。この辺で仲良し夫婦の既成事実を作っておきましょう」

「そ、そういうことなら」

確かに、寝室でしか顔を合わせない夫婦というのも異様かもしれない。使用人たちの間で、おかしな噂《うわさ》話が立ちそうだ。

「では来週の水曜日に」

彼が勝手に約束を取り付ける。私は不安を募らせながら、皿の上に落としたサーモンを再びフォークですくい上げ、口に放り込んだ。

翌週の水曜日。一緒に朝食をとり、十時過ぎに家を出た。

十二月の上旬。天気はいいが比較的気温の低い日で、私はホワイトのノーカラーコートにブルーのニットとグレーのワイドパンツを穿いて、足もとはブラックのショートブーツで防寒している。クールめなアイテムを組み合わせた寒色コーデだ。

綾世くんはモカブラウンのチェスターコートにホワイトのニット、ブラックのパンツという落ち着いたカジュアルコーデ。スーツ以外の彼を見るのは初めてで新鮮だ。今日は髪型も、前髪が少し重めのラフスタイルで、オシャレなのにかしこまりすぎず、あえての隙がどこかかわいい。

こうして見るとごく普通の、二十代後半の青年だ。見慣れないせいか、まるで別人と歩いているよう。

御曹司と一緒に歩くより、年下オシャレイケメンと歩く方がよっぽど緊張するのだと初めて知った……。

「今日は梓さんの流儀にのっとって、電車で行きましょう」

「はいっ」

「……なぜ敬語を?」

「え？　ううん、とくに意味はない……」

彼は怪訝な顔をしつつも駅に向かって歩き出す。すらりとした長い脚が、私の歩調に合わせてゆったりと前後する。

ちょうど正面にお日様があって、彼は眩《まぶ》しそうに目を細めた。その艶やかな髪も瑞々しい肌も光を反射していっそう輝きを増す。

私の目からは彼自身が光源のようにキラキラ輝いて見えて、やはりその辺に歩いている一般男性とは違うなあと、風格のようなものをしみじみ感じた。

「一緒に外を歩くのは初めてだね」

「そうですね。俺自身、私服で外を歩くのは久しぶりです」

「太陽、当たった方がいいよ。自律神経も整うって言うし」

適当に切り返しただけなのだが、彼はニッと口角を上げて試すような顔をする。

「一緒に早朝ランニングでもしますか？」

「いや、綾世くんの超過密スケジュールでランニングなんてしたら自殺行為でしょ。普段は運動もしていないのに、急に走ったら……」

「仕事の合間にジムに寄って体を動かしたりはしてますよ」

「え、そうなの？」

ジムに通っていただなんて初耳だ。『忙しくて休みがない』と言うから、私と同様、ワーカーホリックなのだと思っていたのに、実はこっそり私生活を充実させていただなんて、裏切られた気分だ。

「そんなに驚くところです?」

「私は仕事ばかりで趣味のひとつも持ってないのに。なんだか負けた気がする……なにか運動、始めようかな」

「どんな対抗意識ですか」

彼はくすりと笑って髪をかきあげる。

「俺は泳ぎたいのでジムに通ってますが、簡単な器具なら自宅に設置しますよ。ヨガやダンスなら空き部屋を改修してスタジオにしてもいいですし。まあ、あなたも水泳に興味がおありなら、プール作っちゃってもいいですけど」

自宅にプールって、建築費用はもちろん、維持費と水道代にどれだけかかると思ってる? 以前、自宅にプールを作りたいというお客様がいて試算したのだが、一般人には不可能な金額だったと記憶している。

ああ、彼は一般人じゃなくて御曹司か。いや、それにしたって管理が大変なので反対だ。使用人たちの仕事を増やしてしまう。

私は首をぶんぶんと横に振るが、彼の言葉にふとしたひらめきがあり、「あ」と声をあげて手を打ち鳴らした。

「それ、いいね」

「えっ……。プール、作ります？」

「そうじゃなくて！　スタジオの方。ほら、綾世くんがピックアップしてくれた土地ってどれも広いでしょう？　子どもが運動できるくらいのレクリエーションスペースなら作れそうだなと思って」

子どもが生まれたら手軽に運動できる場所があるといい。

ちなみに私の実家には大きな庭があって、そこでよく兄たちがサッカーの練習をしていたっけ。土地の広さは地方の特権だ。

「ああ、新居の話ですか。そうですね、子どもが小さいうちは組み立て式の遊具を置けば公園代わりになりますし、重宝するかもしれません」

「一、二階を吹き抜けにすれば、バスケットのゴールも置けちゃうね！」

「よっぽど運動させたいんですね」

そう言って呆れたように笑う彼を見て、ハッとする。

「もしかして、跡継ぎは学業に専念させたいとか思ってた？」

跡継ぎが欲しいというくらいだから、英才教育を施そうとしていたのかもしれない。

彼がそうやって育ってきたなら、運動など不要だと思っている可能性もある。

だが彼は静かに首を横に振って「いえ」と答えた。

「子どものうちは好きなことをやらせればいいと思っていますよ。将来的に莫大《ばくだい》な資産を相続するでしょうから、管理できる程度の知識は身につけてもらいたいとは思いますが、それはまだ先の話でいいでしょう」

「……よかった」

呟くように漏らすと、今度は彼の方が神妙な顔で尋ねてきた。

「あなたこそ、かまわないんですか？　自分で育児をすると言ってましたけど、子どもを俺に預けて自由に生きることもできるんですよ」

覚悟を試すかのような質問に、彼の目をしっかりと見返して答える。

「私は母親としての責務もしっかりこなすつもり。仕事との両立にはなるけど、子どもに寂しい思いをさせるつもりはないから。綾世くんこそ、跡継ぎを作りたいならちゃんとお父さんになるって約束して。一緒に暮らさなくても、大人になるまでほったらかしじゃなくて、定期的に子どもに会いに来てね？」

妻の相手をするのが面倒くさいと感じるのは仕方がないが、子どもの相手まで惜しまないであげてほしい。

「それはもちろん。俺が言い出したことですから」

彼は答えると、まいったような微笑で目を遠くに向けた。

「出産後は別居前提なんですね」

「……え？」

「いえ。なんでもありません」

そうこう話している間に駅に着く。私たちは電車を乗り継いで、彼がピックアップした土地を二カ所回った。

いずれも都心にアクセスしやすく近場だったことから、移動も含め三時間とかからず散策は終了した。

気がつけば十三時を過ぎていて、お腹が減る時間。私たちは近くのカフェで軽食をオーダーする。

バーガーやサンドイッチを扱うチェーン店なのだが、彼の口からそういう店で食べようという案が出るとは思わなかった。コース料理以外を口にしているところを見るのも初めてだ。

カジュアルな格好でリブサンドをぱくつく姿を見ると、本当にどこの誰だかわからなくなってくる。

「どちらの土地も良好でしたね。防犯を気にされてましたが、人通りもそこそこあるようですし、夜道もそこまで暗くはならないでしょう。個人的には日中のビル影を心配していたんですが、あの角度なら問題ないと思います」

「子育てを考えるなら、以前見に行った、隣に大きな公園がある土地も魅力的なんだけど……」

「日中の騒音が気にならないなら問題ないと思いますよ」

「そこは防音設計でなんとかしようかな。それにほら、南側が公園なら大きなビルが建つ心配もないし、日照って意味でも安心かも」

ふたりで意見を交わし合う。彼とこんな会話ができるとは思わなくて、正直楽しい。

「土地なんてどこでもいい」「好きにしろ」そんなふうに言われるかと思っていたのに、真摯に考えて見解を述べてくれるのが嬉しかった。

それにしても、彼の食べるリブサンド、おいしそうだ。自分のクラブハウスサンドを口に運びながら、彼の手もとをじっと見つめる。

「ただ、夜間の防犯は要注意ですよ。公園は危険な連中の溜まり場にもなりやすいですから——って、なんです？　さっきから」

「あ、ごめん。おいしそうだったからつい」

「もうひとつ買ってきたらどうです？」

「いやいや、そんなにたくさん食べられないよ」

さすがに二人前は無理。残すのも忍びない。

すると彼は涼しい顔をしたまま、リブサンドを私の口もとに持ってきた。

「へ？」

「あーん、です」

「え、え。なんで」

「味見ですよ」

まず彼にひと口分けるという文化があったことに驚いた。

次いで、間接キスだけど大丈夫？　と聞こうとして、ああとっくにキスもエッチもしている仲なんだと思い出す。

「じゃあ……いただきます」

あーん――というか、大きな口を開いてばくり。彼はリブサンドを差し出したまま、どこかのんびりとした笑みを浮かべてこちらを観察している。

「すごくおいしい！　こっちが正解だったかー」

「俺の残りでよければ食べます？　少しですけど」

「え!?　でも、綾世くんの分が――」

「あなたが残りを食べてくれるなら、俺はアボカドシュリンプサンドを追加注文してきます」

カウンターにちらりと目線を送り、誰も並んでいないのを確認して立ち上がる。

「わ、それも気になってた。そっちも食べたくなっちゃうよ」

「なら、そちらもひと口あげますよ。多少残したって俺が全部食べるんで大丈夫」

そんな食欲旺盛なことを言って、彼はカウンターに向かった。

いっぱい食べるんだ……やっぱり男の子なんだなと彼の背中を見守る。

同時に、ひと口食べてごちそうさまをするような人じゃなくてよかったと安堵した。

私が通っていたお嬢様学校は、男女ともにそういう人も多かったから。

トレイにアボカドシュリンプサンドを載せて彼が戻ってくる。気が利くことにコーヒーのおかわりつきだ。

「こっちはラテ、こっちはブラック。どっちがいいです?」

「綾世くんはどっちが好き?」

「どっちでもいいですよ。どうせブラックにミルクを入れればラテでしょ」

そう言って彼は私の手もとにラテを置く。

「それ、絶対ラテが飲みたいって思ってるでしょ？」

「泡立ったミルクが入ってなくてもかまわないんで。あなたこそ、視線がわかりやすくラテの方に行ってましたよ」

さらりとそう言って自身のブラックのカップにミルクを投入する。

「お砂糖は入れないの？」

「甘いのはあまり好きじゃないんです」

コーヒーをひと飲みしたあと、アボカドシュリンプサンドを豪快にひと口。反対側を私の口もとに持ってきて、目線でどうぞと促す。

「……いただきます」

今度こそ遠慮なくかぶりつく。瑞々しいエビと濃厚なアボカド、ピリッとスパイシーな玉子たっぷりのタルタルソースがたまらない。

「これもすっごくおいしい」

「それはよかった」

穏やかな顔で彼は続きを食べる。私はそれぞれ三口ぐらいずついただいた。私が食べきれなかったクラブハウスサンドは、彼が綺麗に平らげてくれたので助かった。

「ねえ。どうしてこのお店を選んだの？」

食後のラテをいただきながら、参考までに尋ねてみる。

「高級レストランの方がよかったです？」

「そういうんじゃないんだけど。ちょっと意外で驚いた」

すると、彼はウインドウの外を指さした。

植え込みにのぼりが数本立っていて、そこには彼が最初に頼んだ商品――期間限定ピリ辛チーズリブサンドの写真が大きくプリントされていた。

「このチェーン店の前を車で通るたびに、おいしそうだなって思ってたんです。かといって、わざわざ車を停めて注文するというのもはばかられて。基本、昼も夜も食事が用意されてますから、食べる隙もなく」

少々困ったように笑って頬をかく。

普段は一ミリも隙を見せず気品を漂わせている彼が、内心ではファストフードを食べたがっていただなんて。ギャップがありすぎてむしろ微笑ましい。

「ふふふ」

思わず笑みをこぼすと、彼は心外という顔でムッと頬を膨らませた。

「ああ、ごめん。悪い意味じゃないの。なんか、かわいいなあと思って」

「かわいいって……。そんなこと言われたの、初めてですよ」

やっぱりむすっとして目を逸らす。こうして見ると年下の男の子って感じがして、親近感が湧く。

「じゃあ、今度は牛丼でも食べに行く？」

「……どっちかっていうと、牛丼屋ののぼりにあったチーズトマト鶏丼の方が気になっていて」

「ああ、わかる！　私もアレはまだ食べたことない。期間限定だよね、いつまでやってるかな？」

なにげない雑談を交わしながら、時間を気にせずのんびりとラテを飲む。

彼とこんなに自然に、他愛ない会話ができるなんて。嬉しくなっている自分がいて、すごく不思議だ。

「梓さん。このあとのご予定は？」

カフェを出た私たち。大通りを歩いていると、ふと彼が尋ねてきた。

「せっかくここまで来たから、買い物でもして行こうかなと思っていて――」

ブランドショップが数多く入っている商業施設をぶらぶら歩きながら、散策がてら必要な衣服を買い足そうと思っていた。

もちろん忙しい彼を付き合わせるつもりはなく、先に帰っていてと声をかけようとしたのだが。

「好みのブランドはあります？　懇意の百貨店の外商担当に連絡して、家まで運ばせましょうか」

そう言って携帯端末をいじり始めたので、私は慌てて「待って待って」と彼を止めにかかる。

「そんなセレブ買いするつもりないから！　ウインドウショッピングとか、そういうの考えてたから！」

「買い物こそ足で回るのは時間の無駄じゃありません？　あるいは百貨店内の専用サロンを利用させてもらって——」

「いい！　そういうのいい！」

彼のコートを掴んで必死に拒む。

そういうサービスを利用するのって、一棚まるごと買っちゃうような人たちでしょう？　私は一軒一軒足を運んで、悩んだ挙げ句に厳選した数点を買う人間だ。

「あのね綾世くん。一般的な買い物は無駄が多くてなんぼなの。自分で足を運ぶことによって、たくさんの発見があるものなの」

「発見ってなんです？」

それはほら、目的の商品以外にも掘り出し物を見つけたり、気になるお店を見つけてちょっと寄り道してみたり——と説明しかけたところで、彼にしてみたらそれこそ無駄だと言いかねないと気づいた。

合理主義を説得するのって、すごく難しい。

「あのね、買い物の醍醐味《だいごみ》はその『無駄』なの！」

力技で押し切ると、彼は対話をあきらめたのか、大人しく前を向いた。

「どこに向かいます？　駅でかまいませんか？」

前向きな台詞が出てきて、私はきょとんと目を丸くする。

「いや、あの、時間の無駄って」

「梓さんにとっては無駄じゃないんでしょう？」

すんなり納得されて拍子抜けする。まあ、あんなに論拠のない説明では批判のしようもなかったのかもしれない。

「いや、あの、忙しいなら付き合ってくれなくても大丈夫だけど」

「今日は一日、空けてありますからおかまいなく」

涼やかにそう言って、駅に向かって歩き始める。

「それで？　梓さんが買いたい品は？」

「えっと。冬用のオフィス着を買い足したいかな。いいものが見つかればパンプスも」

「わかりました。いい品が見つかるか、楽しみにしています」

え。なに。私、試されてるの？

問答無用なその背中を追いかけながら、やっぱり彼ってよくわからないと心の中で弱音を吐いた。


ショップやレストラン、シアター、クリニック、ギャラリーなどが軒を連ねる都心の複合商業施設。足を踏み入れてまず、アーティスティックな柱に目を奪われた。

期間限定の巨大アートだ。作品というより、もはや建造物である。

ミルクのような白さを持つ大理石と、まろやかなブラウンの木目が寄り添い、上品ながらもインパクトのある空間を作り出している。

「ここまで大きなアートを個人宅に取り入れることはできないけれど。部分的になら使えるかも」

柱と天井の継ぎ目を指さしながら、私は独り言のように考察する。

戸建てのエントランスにこの異素材ギミックを取り入れれば、洗練されたデザインになるだろう。今後建築予定のマイホームに取り入れてみてもいいかもしれない。

綾世くんは腕を組んで、納得するように頷いた。

「梓さんの言うウインドウショッピングは、フィールドワークを指していたんですね」

「そんなたいそうなものじゃないよ。でも周りをいろいろ見ちゃうのは職業病かも」

街中のさりげないヒントに助けられるときがある。

頭の中に初めからあるアイデアなんて微々たるもの、外部からの刺激に触発され、学び、ひらめきは生まれるのだ。

ふと見れば、綾世くんが穏やかな表情でこちらをじっと見つめていた。

「好きですよ。あなたのそういうところ。謙虚で、真面目で、それでいて貪欲《どんよく》で。少し泥臭いところも」

ストレートに『好き』だなんて言葉を使われ、不意打ちで鼓動が高鳴る。

しかし、時間差で『貪欲』が頭に入ってきて、これは褒め言葉なのだろうかと不安になってきた。

「しかも今、泥臭いって言った？」

「地道な努力と言いたかっただけです。オフの日もアンテナを張って仕事に生かそうとしているんでしょう？」

私の頭に手を置いてぽんぽん弾ませる。

「あ、ありがとう」

年下の男の子に頭を撫でられるなんて変な感じだ。

「それで、梓さんのお目当てのブランドは？」

「うん。こっちに」

私は彼を先導し、お気に入りのブランドショップまで案内する。

ハイブランドとまではいかないが、プチプラとは言いがたい、そんな大人女子向けミドルブランドのテナントに足を運んだ。

「なんだか、梓さんって感じがしますね」

ディスプレイされた新作を冷静に観察しながら、彼が感想を述べる。

個性派パンツスタイルや、異素材をミックスしたマニッシュスタイルなど、知性と遊び心に溢れたオフィスカジュアルが並んでいる。

「綾世くんはハイブランド派だもんね。……なんだかちょっと恥ずかしいな」

「謙遜するほど質の悪い店ではないでしょう。むしろ一般的な会社員にこの金額は厳しいのでは？」

「ああ、それはね。職業柄、お金持ちのお客様も相手にするから、あまりにも安っぽい服を着ていると見破られちゃうの。信用にかかわるから、ちょっぴり背伸びしてでもいいものを選ぶようにしているよ」

彼はなるほどと頷いて納得するように顎に手を添える。

「俺は考える時間がなくて楽なものを着ているだけなので。自分のスタイルを確立している梓さんの方が、よほどハイセンスだと思いますよ」

その時計も、と言って彼は私の左腕を持ち上げる。

不意打ちで触れられ、腕を掴む大きな手とその体温にドキリとして妙に慌てた。

「これも、高価なものでは全然なくてっ」

「でもあなたのスタイルに合っている。知性的でさりげない華やかさがあって、文字盤も見やすくて機能的だ。梓さんは身につけるものを選ぶのがお上手ですね」

またしても褒められてあわあわと困惑する。今日の彼はいったいどうしたのだろう、妙に優しい。

後輩男子に怖がられた経験ならいくらでもあるけれど、親切にされるのは慣れていなくて、その裏に邪悪な企みでもあるのではないかと深読みしてしまう。

「あ、あー、ねえこれとかどうだろう？」

話を逸らすように手に取ったのは、グレージュのニットアンサンブル。

ハイネックのインナーとカーディガンがセットになっていて、癖のないシンプルなデザインはビジネス的好感度一二〇パーセント、着回しもしやすくヘビロテ確定だ。

「間違いなく似合うと思いますけど、いつものパンツスタイルとの組み合わせでは新鮮みがありませんね」

そう言って綾世くんは、近くにあったボトムを手に取る。

「この組み合わせはいかがです？」

彼が勧めてくれたのは、レザー素材のロングスカート。裾には花を模したパンチングが施されており、大胆かつ繊細なデザインだ。

「かなり個性的だね……」

「トップスがシンプルな分、ボトムにアクセントがないと。黒なら落ち着いて見えますし、ビジネスシーンでも失礼にはならないと思いますよ」

そう言って私の腰にスカートを当てる。確かに足首まであるロングスカートならパンツ派の私でも穿きやすいし、広がりすぎないフレア感が上品だ。

色も漆黒というよりはグレーに近いので、奇抜さがなく目に馴染《なじ》む。

「試着してみてもいいかな」

「もちろん。ついでにこちらもいかがです？」

そう言って綾世くんが続々と服を勧めてくれる。

ミントグリーンのニット、チョコブラウンのセットアップにホワイトのスウェードスカート、もはやオフィス着なのか怪しいプリントドレスも……！

「あわわ……綾世くん、こんなたくさん！」

「せっかくなのでまとめて試してみては？」

「っていうか、普段は着ないデザインばかり、わざと選んでる？」

「似合いそうなものをピックアップしてるので大丈夫ですよ。選べないようなら全部購入するまでです」

びっくりして目を見開く。出た、セレブにありがちな『全部ください』！

「待って綾世くん。こういうのはちゃんと吟味して買うのがいいの。全部買ったって着ないものは着ないんだから、タンスの肥やしになるだけ」

手のひらをビシッと彼の前へ突きつけると、今度は彼が目を点にした。

「それと、お支払いはちゃんと自分でするから。そのためにお給料もらってるんだし」

「一緒に買い物に来て、俺があなたに支払わせると思っているんですか？」

「思ってないから釘刺してるの。プレゼントならともかく、普段着まで買ってもらう必要ないから」

彼はぴくり片眉を跳ね上げ、少々癪《しゃく》な顔をしつつも「わかりました」と嘆息した。

「あなたの流儀におまかせします」

そう言って引き下がる。意外とものわかりのいい人だ。

「でも、せっかくだから、綾世くんが選んでくれた服も試着してみるね」

彼がチョイスした服の中から、仕事では絶対に使わないプリントドレスを抜いて試着室に持っていく。彼の表情がわずかに綻《ほころ》んだ。

「時間がかかると思うから、綾世くんはどこかで休んでてくれる？」

「かまいませんよ。ここにいます。着たら見せてくれるんでしょう？」

試着室脇の壁にもたれる彼。もしかしてこれは、一着一着試すごとにお外に出て見せなきゃならないパターン？

これまで買い物はひとりですることが多く、試着室の中で自己完結していたので、他人に感想を求めるなんてなんだか気恥ずかしい。

「ええと……見たい？」

「ええ。自分の見立てが正しかったのか、知りたいですから」

まるでクイズの答え合わせを待つかのようで、彼らしいなあとつい吹き出してしまった。私は「了解」と試着室のドアを閉める。

一着目。グレージュのアンサンブルにレザーのスカート。

想像以上にしっくりきていて自分が一番驚く。エレガントなのにパンチもあって、フォーマルさも感じられる。

綾世くんは「完璧です」となぜか得意顔で、再び吹き出してしまった。

二着目、三着目と試着を進めていき、綾世くんの見立てが実証されていく。

「どの服も似合っていましたが。どれに決めるんです？」

「一着目を買おうかな。完璧って太鼓判を押してもらったし。それから、綾世くんが選んでくれたミントグリーンのニットも気に入っちゃった」

手持ちにないデザインで新鮮。着回しも応用が利きそうだ。

「今日はいい買い物ができた気がする」

お礼のつもりでそう告げると、彼は「それはよかった」と、はにかむようにほんのり口もとを緩ませた。

まるで本物の恋人に見せるような柔らかな笑顔に、じんわりと胸が温かくなる。

店を出た私たちは、シューズブランドのショップへ。そこでも綾世くんは普段とは違うハイセンスな一足をお勧めしてくれた。

彼チョイスのパンプスと、定番の使いやすいショートブーツをそれぞれ選んで買い物を終える。

目的のものを探し終えたところで、彼が「じゃあ」と切り出した。

「ここから先は俺の流儀に付き合ってください」

ふとそんなことを言い出したものだから、どことなく嫌な予感を覚える。いったいどんな買い物をするつもりだろう。

彼に連れていかれたのは、ハイブランドショップ。自分のものを買う――のかと思いきや、彼の視線はレディースの服ばかりに吸い寄せられている。

「プレゼントなら、俺が支払ってもかまわないんですよね？」

私の言葉を引用して念を押すと、素早い動きでドレスを数着選び取り、私とともに試着室に押し込んだ。

「あの……綾世くん、これはどういう？」

「『ここからここまで全部ください』って言われたくなかったら、さっさと試着してください」

「は、はいっ」

セレブ買いされてはたまらないので、慌てて試着する。

上質なサテンのドレスに、ちょっぴり辛口なホワイトのパンツドレス。袖がボリューミーなモダンワンピース。いずれも主張は強いが上品さもあり、絶妙なデザインばかりで感服してしまう。

かわいいだけの服には惹かれない、そんな私の好みを理解してくれているのかもしれない。

「全部お似合いですが、どれか気に入りました？」

「どれも素敵だったけど、こんな高価な服、いったいいつ着れば……」

「これから食事に向かうので、ちょうどいいかと。今度はファストフードじゃ済ませませんから」

そう言いながら、彼もジャケットを試着している。ドレスコードのある店に行くつもりなのだろうか。

「……私、ファストフードも好きだよ？　牛丼行く？」

高価なものをプレゼントされるのははばかられ、ごまかしてみるも――。

「そりゃあ俺も好きですけど、初めてのデートでファストフードばかりじゃあ、あんまりでしょう？」

そう言ってツンと拗《す》ねたように口を尖《とが》らせる。そんないじらしい顔をするなんて、反則だ。

「ディナーくらい格好つけさせてください」

年下イケメンに困り顔でそんなお願いをされて、ノーと言える女性がいるだろうか。

胸の奥から湧き上がってくるこの感情はなんだろう、形容できないままぐっと押し黙る。

「……綾世くんて、甘え上手だね」

人知れず息を整えていると、彼はぱちりと目を瞬いて吹き出した。

「甘え上手、ですか。そんなことを言われたのも初めてです」

今度は無邪気な笑顔を見せつけられ、情緒がかき乱される。こっちはこっちでとんでもない破壊力だ。胸がきゅんとくすぐられる。

──って『初めて』と言われて喜ぶのは、普通は男性の方じゃない？

どんどん感覚が〝女子〟から離れていってる。それともこれが正しい年上妻のあり方なのだろうか。

「ええと……じゃあ、このドレスなんてどうかな」

女としての危機感を覚え、せめてフェミニンに見せようと、あえて女性らしいサテンのドレスをチョイスした。

「お。梓さんにしては珍しくそう来ます？」

「フォーマルな場所へ行くなら、ＴＰＯも大事だしね。一応、女性らしさも……」

引きつった笑みを浮かべると、彼は浮かない顔で首を傾げた。

「確かに似合いますが……梓さんはこっちって感じがするんですよね」

そう言って視線を向けたのは、ホワイトのパンツドレスだ。

シルク素材でドレッシーではあるけれど、パンツのシルエットがクールで、いかにも気の強そうな女って感じがする。

「綾世くんの隣を歩くわけでしょう？　これだとエスコートされてるっていうより、私が綾世くんを連れ回してる感じになっちゃいそうじゃない？」

〝良家の妻〟として相応しくないのではないか。

すると、彼はしてやったりというような笑みを覗かせた。

「むしろ、男性のうしろを歩くような殊勝な女性じゃないでしょう？　梓さんは」

ハッとさせられて唇を引き結ぶ。

父の影響か、あるいはいまだ世間に残る前時代的な感覚を引きずっているのか、男性の一歩うしろを歩くような謙虚さこそ美徳なのだと思っていた。

だから前に出て仕事ばかりしている私は、ダメな女なのだと。

価値観に凝り固まっていたのは私の方かもしれない。

「俺の隣を歩いてください。なんなら前でもかまいません」

「いいの？　こんなかわいげのない女、連れてて大丈夫？」

「見せびらかしたいくらいですが。それに、あなたがかわいくなるのは、俺の前だけで充分だ」

人差し指を口もとに当てて、しいっと艶やかな眼差しをする。思わず、かあっと頬が火照ったのは、彼が夜の目をしていたからだ。

彼はスタッフを呼び、パンツドレスをすぐに着ていけるようお願いする。

「それと、これも包んでください」

そう言って追加で購入したのは、フェミニンなサテンのドレスだ。

「そんなにたくさん……！　一着だってすごく高価なのに」

「よく似合ってましたから。せっかく梓さんが着る気になってくれたのに、逃すのはもったいない」

「いやでも、着る機会が……」

「ふたりで出かける機会くらい、この先いくらでもあるでしょう。一応、夫婦なんですから」

さらりと飛び出たひと言に、声が詰まった。

この先、ふたりで買い物をしたり食事をしたり、そんな機会があるだろうか。

綾世くんはそれでいいの？　夫婦の時間は煩わしいんじゃなかったの？

疑念がじわじわと胸を圧迫する。

「家で着てくれてもかまいませんよ」

「使用人さんにお披露目でもするの？」

「俺が見るんです。今日も梓さんはかわいいなあって。脱がすのも楽しそうですし」

しれっと言い放つ彼に、これはある種の羞恥プレイだろうかと頭を抱えた。

当然本心ではないだろう。新手の嫌がらせかもしれない。

いずれにせよ、これ以上粘っても平行線だろうから、「ありがたくいただきます」と頭を下げる。

購入を済ませパンツドレスに着替え終えると、いつの間にかそれに合うパンプスやクラッチバッグが置かれていた。

個室にはヘアメイクさんがスタンバイしていて、髪をアップに、メイクは華やかに直してくれる。

綾世くん自身も髪型を少しだけ整えて、ジャケットを羽織っている。さりげない違いなのに、隙のある甘え上手な青年から、洗練された紳士に大変身していた。

大人っぽくなった眼差しで私を見つめて、目もとを緩める。

「まるで女傑ですね。美しいです」

彼の率直な感想に思わず笑みを漏らす。普段なら嫌みと捉えていたかもしれないけれど、今日はなんだか嬉しい。

「ありがとう。でも綾世くんも、結構な豪傑に見えるよ」

「それを聞いて安心しました。あなたと並ぶのに情けない姿ではいられないので」

そう言って私の手を引き、エスコートする。ヒールがいつも以上に高くて足もとが不安定なので、素直に彼の手を借りた。

「このヒール、十センチ以上あるのに、まだ綾世くんの方が背が高いね」

「これまで自分の身長なんてたいして気にしていなかったんですが……今初めてこの身長でよかったと思いました。あなたとバランスが取れるので」

彼が柔らかく微笑む。綺麗な笑みがいつもより少しだけ近い位置にあった。

「ディナーはフレンチでかまいません？」

「うん。……って、あれ、荷物は？」

「すべて運ばせました。迎えを呼んであります」

次から次へとスムーズなエスコート、どうやら彼が本領を発揮し始めたらしい。

途端に増すセレブ感に少々落ち着かないが、日中は私のやり方に付き合ってもらったんだもの、夜は彼の流儀に従おう。

賓客用の特別出入口に向かうと、車寄せに黒い高級車が停まっていた。仙國家の送迎車だ。私たちはスタッフに見送られ、後部座席に向かい合わせで乗り込む。

十五分程度車に乗って辿り着いたのは、海沿いのフレンチレストラン。

「ここは父が懇意にしている店なんです。俺も幼い頃からよく世話になっています。もしよければ、梓さんをオーナーにご紹介しても？」

「もちろん、私でよければ」

きゅっと背筋を伸ばすと、彼は「緊張しなくて大丈夫ですから」とひと足先に車を降りて、ドアの外から私の手を引いた。

通されたのは眺めのいい個室で、円形にせり出した窓から東京湾《とうきょうわん》が一望できた。対岸のネオンがとても美しい。

しばらくして挨拶に来てくれたのは、品のいい高齢の紳士。この店のオーナーだ。

「綾世くん。ご結婚おめでとうございます。ぜひお祝いにディナーを振る舞わせてください」

「ありがとうございます。ご紹介が遅れて失礼しました。妻の梓です」

私が会釈をすると、彼も丁寧に返してくれた。

「綾世くんによくお似合いの素敵な方だ。お父様も喜んでらしたでしょう」

オーナーは綾世くんと軽く雑談を交わしたあと、最後に私へ声をかけた。

「いつでもいらしてくださいね。お席をご用意してお待ちしています」

オーナーが退室し、入れ替わりでアペリティフとアミューズが運ばれてくる。事前に綾世くんが話を通してくれたのか、ワインはノンアルコールだ。

「ここの料理は、うちのシェフに負けないくらいおいしいですよ」

「うん。楽しみ」

運ばれてきたのは、さすがといった逸品。芸術性が高く、繊細な味付けだ。

仙國家で出されたクラシックなフレンチも申し分ないけれど、この店のモダンで前衛的なフレンチは、雰囲気も相まってとてもオシャレだ。

「すごくおいしい」

思わず飛び出たひと言に、綾世くんは「よかった」と満足そうに漏らした。

窓の外の景色を眺め、料理を楽しみ、たまにちらりと正面に座る彼を覗き見る。

こうしてると、やっぱり御曹司様なんだよなあ……。

ファストフードでの彼も今どきで格好よかったけれど、高級店ではさらにしっくりきていて、座っているだけで絵になる。

「どうかしましたか？」

こちらの視線に気づいたのか、彼がゆったりと首を傾げる。仕草ひとつとっても優雅で、育ちのよさがにじみ出ている。

「やっぱりこっちの方が、綾世くんには似合うなあと思って」

「それを言うなら、梓さんも似合っていますよ」

予想外の返事をされ、「そう？」と目を瞬かせる。

「オーナーもおっしゃっていたじゃないですか」

「あれはお世辞じゃない？」

「本心でしょう。俺もそう思ってますから」

またしてもなにげなく褒められ、反応に困る。ドレスとヘアメイクに救われたのかもしれない。このかわいげのない顔が、プラスに作用したのだろう。

それから私たちは、じっくりとお食事を楽しんで、席を立った。

「ありがとう。素敵なお店に連れてきてくれて」

「気に入ってもらえてよかったです。梓さんも都合のいいときに、ぜひいらしてください。ご友人と一緒にいかがです？」

「いいの？　すごく嬉しいけど、迷惑にならないかな……」

「迷惑なんかじゃありませんよ。支払いはお気になさらず。仙國家で一括しますので、好きに食べてください」

払ってもらうなんて申し訳ないけれど、かといって自分で支払おうとすると、かえってお店に気を遣わせてしまうのだろう。お代はいりませんなんて言われかねない。おごりだと言って濱岡を誘ったら大喜びするだろうな。そんなことを考えながら、スタッフに見送られ店をあとにする。

迎えの車に乗り込もうとしたところで。

「綾世？」

別の車から降りてきた女性に声をかけられ、彼が振り向いた。

私もつられて足を止める。声の方に目をやると、ドレッシーな格好をした女性がこちらを見て手を打ち合わせていた。

「やっぱり綾世ね！　久しぶり」

女性は体にぴったりとフィットしたドレスを着ていて、目のやり場に困る豊満な胸と、すらりと伸びる手脚が恐ろしく妖艶。ツンと尖った顎に大きな目、ぽってりとした唇、腰まである黒髪は艶やかで絹のよう。

まるで韓流《はんりゅう》アイドルのように驚くほどすべてが整っていた。

「……由里亜《ゆりあ》さん。お久しぶりです」

「その呼び方、他人行儀で嫌だわ。敬称はいらないって言ってるのに。長い付き合いなんだから」

そう甘えた声で綾世くんの腕に絡みつく。普通の男性なら一発KOされてしまうであろうセクシーなスキンシップ。

しかし、綾世くんは動じず、するりと腕を解いた。

「由里亜さん、結婚したことは以前お伝えしましたね。あらためてご紹介します。妻の梓です」

なにげなく彼女の要望をスルーして、綾世くんは私の背中に手を添える。

彼女の笑顔が心なしか引きつっているのは、どうか気のせいであってほしい。

「梓。彼女は叶野《かのう》由里亜さん。高校時代の友人の姉で、ご両親は証券や貿易に関する会社を経営している」

綾世くんが私への敬語をやめて夫の顔をしたので、気を引き締める。妻としての振る舞いが求められているのだ。

「初めまして。妻の梓です」

一礼すると、彼女は上品に、でもどこか冷ややかにこちらを睨みつけながら「初めまして」と答えた。

「『友人の姉』に『両親は経営者』だなんて、紹介になっていないわ。それとも、正直に話したら奥様に誤解されちゃうかしら？」

こちらを嘲るかのような目。なんというか……マウントを猛烈に感じるのだけれど、私、やっぱり敵視されてる？

当の綾世くんはまったく興味がない様子で、淡々と応じた。

「親しくさせてもらっていたのは、亜紀《あき》の方ですから」

「その亜紀はもういないんだから、〝友人のお姉さん〟じゃなくて、私自身を見てくれてもいいんじゃない？」

挑発的な言い回し。すると、綾世くんが珍しく険しい表情になったので、彼女はひくりと眉を跳ね上げた。

「……まだ亜紀の死を受け入れられていないの？」

沈黙を続ける綾世くんに、由里亜さんは少々複雑そうな顔で引き下がる。

ふたりの様子を見守っていた私だったが、〝死〟というキーワードに背筋が冷たくなった。

綾世くんと親しかった亜紀さんという人物は、お亡くなりになっているんだ……。

高校時代の友人、もう二度と会えない人――どうしても、先日、彼の書斎で見つけた黒く塗りつぶされた女子生徒の写真と結びついてしまい震えが走る。

もしかしてあの女の子が……亜紀さん？

「梓、そろそろ行こう。冷えるだろう、風邪を引いては大変だ。由里亜さんもごゆっくりお食事をお楽しみください。本日は私からご馳走させてもらえるよう、オーナーに話を通しておきますので」

そう告げると綾世くんは私の肩を抱いて、少々強引に車に乗り込むよう促した。

「そういえば綾世は、昔からこのお店でよく亜紀とお食事していたわね。亜紀は夜景が好きだったから」

不意に投げかけられた言葉に、彼は動きを止める。

戸惑いながら綾世くんを見上げると、彼は感情の読み取れない目でどこか遠くを見つめていた。

海の縁をなぞるように続いていく道路、点々とそびえたつオフィスビル。その向こうには海が広がっていて、対岸の埠頭《ふとう》やレインボーブリッジが見える。

「……そうですね。この景色を見ていると、少なからず亜紀を思い出します」

胸がずきんと痛んだのは、楽しい食事の裏で、彼は亡きご友人に想いを馳せていたのだと知ってしまったから。

友人……？　本当にただの……友人なの？

自分でも咀嚼《そしゃく》できない思いを抱えながら、後部座席に乗り込む。

「失礼します」

綾世くんは由里亜さんに挨拶を終えると、私の正面に乗り込んだ。

ふたりを乗せた車が走り出す。車窓に映る美しいネオン。

楽しくて素敵な一日だったはずなのに、心は怖いぐらい凪《な》いでいて、どういう顔をすればいいのかわからない。

「……そういえば友人関係について、梓さんにはなにも話していませんでしたね」

突然話題を振られ、きゅっと膝の上の手を握りしめる。

「学生時代の友人たちとは、当時から割り切った付き合い方をしていました。俺が通っていた学校は将来が決められている子たちが多かったので、在学中もお互いの立場を意識していました」

良家のご子息、ご息女が通う格式高い学校。子どものうちから『旧財閥家のご令息』、『代議士のご令嬢』、『大病院の跡継ぎ』のように、誰もがふたつ名を持っていたのだろう。

「亜紀はそういったしがらみなく付き合っていた唯一の友人でした。卒業後も親しくしていましたが、三年前に交通事故で亡くなりました」

感情のない口ぶりの奥にやるせなさが見え隠れしていて、亜紀さんというご友人がいかに大切な存在だったかを思い知らされた気がした。

「そう、だったんだ……」

これ以上深く掘り下げてはいけない、そう理解しながらも、どうしてもひとつ確認させてほしいことがあった。

「あのさ、綾世くん」

憂いを帯びた目がこちらに向く。胸の痛みを感じながらも、おずおずと切り出した。

「もしかして、アルバムに挟まっていたあの写真に写っていたのって……」

黒く塗りつぶされていたのは、亜紀さんなんじゃないのか。

そう問いかけるまでもなく、綾世くんの顔色が変わった。

「違っ……！　いや、確かに写っていたのは亜紀ですが、アレは……」

口もとに手を置いて、表情を隠すみたいにうつむく。

これまでクールでポーカーフェイスだった彼から、驚くほど素直な反応が来てしまい、確信せざるを得ない。

間があったあと、ちらりとこちらに向いた瞳は、苦悩に満ちていた。

「もう、忘れてください」

「……うん」

三年経っても拭えないほどの悲しみと喪失感。亜紀さんはどんなに素敵な女性だったのだろう。どれほど大切な存在だったのか。

綾世くんが頑なに恋愛を拒んでいるのは、亜紀さんを今も愛し続けているからかもしれない。

でもその想いは決して報われない。彼女はもうこの世にはいないのだから。

すべての謎が線で繋がったと同時に、説明のつかない胸の痛みに支配された。

第四章　秘められた独占欲～さすがに妊娠しちゃうかも～

「梓さん」

甘い声とともに愛撫が始まる。綾世くんは唇で私の緊張を丁寧にほぐしながら、ゆっくりと寝間着を脱がせていく。

「綾世く……」

触れられた箇所にぴりりと痺れが走る。

心地よいはずなのに素直に甘さに浸れないのは、真実を知ってしまったからかもしれない。

綾世くんの心の中には、どれだけ時が過ぎても消えない大切な女性がいる。こんなに優しく愛されても、心は別の人のもとにある。

そう思うと、拒みたい気持ちと求める気持ちがごっちゃになって、彼の目を見つめ返せない。

……そもそも、求めるってなんだろう？

これは妊活、妻である私の義務。そう割り切っていたはずなのに、いつの間にか彼自身を求めている自分がいる。

私は綾世くんに愛されたいの？

だからこんなに苦しい気持ちになるのだろうか。体を愛しながらも自分を見てくれない彼に、不満を抱いている？

私と彼じゃ不釣り合い、そんなの最初からわかっていたはずなのに。

「どうかしましたか？」

不意に彼の気遣わしげな眼差しが降ってきて、慌ててごまかし方を探した。

「ごめん……つい、仕事のことを考えちゃって」

「こんなときに仕事ですか？」

こちらを向けと言わんばかりに、彼は愛撫を激しくする。言い訳の仕方を間違えたと反省した。

「あんっ……いや……違っ！　その、仕事っていうか……そう、新居！　新居の寝室はどうしようかなって」

「防音材でも敷きますか？　梓さん、声が出ないように抑えているでしょう？」

住み込みの使用人も多くいるこの家で、声などあげられない。

この部屋は彼と私の自室に挟まれているから、聞かれることはないと思うのだけれど、念のため。

「あ、でも睡眠を快適にしたいって意味で寝室に防音処理をされるお客様は結構いるの。窓ガラスも最近は複層ガラスが標準だから、さらに防音や防犯にも効果のある異厚素材を採用して——」

すると、彼が両手で私の頬を包み込んだ。顔を目の前に近づけられ、反射的にごくりと喉が鳴る。

「今は俺だけを見ててください。俺も、あなただけを見ていますから」

真っ直ぐな瞳に心が揺れる。その誠実な目が私だけに向いているという充足感と、わずかな疑心と。

「愛がないのはわかっています——ですが、こうしている間くらいは目の前の相手に集中してもいいのでは」

「そう……だね。ごめん」

短く謝って、彼の背中に手を回す。自分に引き寄せ、昂る肌を押しつける。

なにも考えないように思考を塗りつぶして、今度こそ身を委ねた。

「あ……気持ちいい……」

素直に吐露し体を擦りつけると、彼も求めに応えるように激しく腰を揺らした。

「今日は珍しく素直ですね」

「……私が素直だと変？」

「いえ。ただ、かわいすぎて困る」

彼の熱と甘ったるい声に包み込まれ、これでいいんだと自分に言い聞かせる。

今この瞬間、綾世くんは私のもの。別の女性の存在に怯える必要はないんだ。

集中するとすぐに感極まってしまい、意識が朦朧としてくる。

彼が自身を解き放つのは、いつも私が達したあとだ。ひとりだけ気持ちよくなってはならないと律しているのかもしれない。

優しさのいることだと思う。相手への深い配慮がなければ、そうはできない。

「……はっ――」

彼が漏らす最後の吐息。それをぼんやりした頭で聞きながら、よかったと安心する。

今日も彼は気持ちよくなってくれたみたいだ。

相手が私だからなのか、それとも女性であれば誰でもいいのかは、怖くて聞けない。

もしかしたら、私でなくてもよかったのかもしれない。そう思うと眠気とともに涙が滲んだ。

複雑な思いを抱えたまま一週間が経った。今日はオフだが、朝の早い彼とともに目を覚まし、食堂に向かった。

「珍しいですね。あなたが早く起きるなんて」

「あ……うん」

たくさん愛されて、相変わらず体はくたくただ。普段だったらお寝坊が許されるぎりぎりまで爆睡するところだが、それでも目が覚めてしまったのは、悩みの種を自覚してしまったからかもしれない。

かつて綾世くんに愛されていた亜紀さんの存在が脳裏にちらつく。

どんな女性だったのだろう、ふたりの間にどんな思い出があるのだろう。気になってしまうのは、仮にも妻を演じているからだろうか。

朝食のクロワッサンを口に運びながら、綾世くんが切り出す。

「もしかして、悩みごとが？」

鋭い指摘にぎくりとしてバターを塗る手が止まった。しかし——。

「また新居のことです？」

胸の内が駄々洩《だだも》れていたわけではないとわかりホッとする。

「そ、そうなの！　気になっちゃって。でもわくわくして落ち着かないだけだから大丈夫。悩みとかじゃないの」

これは本心。念願のマイホームを、あんなに自由度の高い土地に設計させてもらえるなんて願ってもない話だ。

「そうですか」

彼はなんの疑念も持たず、穏やかに食事を再開する。

嘘をついているわけではないが、胸がずきんと痛んだ気がした。

あなたの過去が気になっているだなんて正直に言えるはずもない。彼だって踏み込まれたくないから『忘れてください』と言ったのだ。

「新居の設計プランについてなんだけど、いくつか案を出してみるから、今度見てくれる？　間取りや設備面から土地を絞るのもいいかなと思っていて」

自分をごまかすように話を切り出す。仕事に集中していれば、この胸のもやもやを忘れられるかもしれない。

「任せますよ。俺を唸《うな》らせる快適な家を作ってください」

面倒だから丸投げするわけではなく、信頼してくれているのだろう。

それでいて試すような言い方をするのだから、相変わらずいじわるな人だ。

望むところだと燃えてしまう私も私だが。

「わかった。でも最終確認はしてね。住まいにはコレっていう正解はなくて、それぞれのライフスタイルや好みに合った形が一番なんだから。動線だって個人によって重視するものが違ってくるし」

「あなたはなにを重視するんです？」

「私は……子育てのしやすい家がいいかなとは思ってるけど」

そう口にして、気の早い話だと恥ずかしくなってくる。

「まだ妊娠してもないのに、なに言ってんだって感じだろうけど——」

「俺も将来に備えて、子育てのしやすさは大事だと思いますよ」

賛同すると、彼は食事の手を止め、真剣な顔で考え始めた。

「そういう意味で言うなら、小洒落《こじゃれ》たインテリアや高価な装飾品はいらないと思っています。シンプルでかまいませんので、子どもが走り回っても安全な空間を。リビングは日当たりがよくて、見通しのいい空間がベストかなと」

そんな提案が出るとは思ってもみなくて、私は呆然と彼を見つめる。

「なんですか。その顔」

「あ、いや、ごめん。本当にその通りなんだけど、ちょっと意外で。来客用に、リビングに芸術作品の展示スペースでも作った方がいいのかなとか考えてたくらいだから」

「そんな高尚な趣味はありませんよ。誰を家に呼ぶつもりもありませんし」

彼がひょこっと肩を竦《すく》める。この屋敷には高価な絵画や工芸品などがたくさん飾られているから、彼にもそういう趣味があるのかと思っていたけれど――。

「今さらだけど、綾世くんの趣味ってなに？」

「仕事です」

スパンと言い切られ、額を押さえる。私も同じだから人のことは言えないが。

不意に彼がくすりと自嘲する。

「仕事が楽しいというよりは、周りが見えなくなるくらい、必死になっているだけですが」

「どういう意味？」

「愚鈍な跡取りなんて、許されませんから」

さらりとした言葉の奥に、大きなプレッシャーを感じ取る。

仕事が楽しい、父を見返したい――私が働く動機はある種の自己満足だ。

そんな私とは反対に、彼は周囲を失望させないために仕事をしているのかもしれない。働く姿勢は似ていても、根本はまるで違う。

「とくにうちの場合は特殊ですから」

「旧財閥家の……経営者一族だから？」

「それもありますが。曾祖父から長男である祖父へ、祖父から同様に父へ、そうやって受け継がれてきた生粋の同族経営で、次男の俺が後を継ぐなんて異様でしょう？」

なぜ長男ではなく次男の綾世くんが家を継ぐのか。その真意を掘り下げられずに今に至る。

仙國家の誰しもが長男については触れず、いない人間かのように扱うので、聞くに聞けなかった。

「お兄さんは……相続を拒んだの？」

「ええ。俺も父も、彼がどこにいるのかすら知りません。祖父は仕送りをしているようですが。……きっとどこかで自由にやっているのでしょう」

ぼんやりとした言い方から、その意図を察する。

有り体に言えば放蕩《ほうとう》息子。どんな理由があるのかはわからないけれど、長男としての責任を放棄したのだろう。

「兄は普通の人でした。普通の成績で、普通のことができて。まあ、少々努力が嫌いな節はありましたが、決して出来の悪い人間ではなかった。ただ、俺がなまじ頑張ってしまったせいで、周囲の評価基準が狂ってしまって」

遠回しにお兄さんを庇《かば》っているのだとわかる。

綾世くんは常にトップレベルの成績を保ち、英国の名門大学に進学したという。

そんな優秀な弟と比べられて、お兄さんは肩身が狭かったに違いない。想像に難くないし、綾世くんだって気づいているんだ。

「兄を蹴落としてしまった分、俺が周囲の期待に応えなければ」

お兄さん以上に期待されてしまったことを罪のように感じているのだろうか。

「綾世くんは、跡取りになりたくなかった？」

「なりたくなかったとまでは言いませんが」

目線を漂わせ、口もとを震わせる。

「もし兄に後を継ぐ気があって、そのために努力をしてくれたなら、俺は右腕でよかったのに、とは思います」

ゆっくりと目を閉じ、後悔を滲ませながらぽつりと呟く。

望んでも選ばれなかった私と、望まずとも選ばれてしまった彼。皮肉なことに真逆だ。その苦悩はお互い理解できないだろう。

「とはいえ今さら戻ってこられても、それはそれで困りますけどね。俺はもう後を継ぐ覚悟を決めたので」

デザートにフルーツがたっぷり入ったジュレを喉に流し込み、朝食を終わらせる。

「俺がきっかけだったとしても、家を出ると決めたのは兄です。一度責任を投げ出した人に、今さらこの地位を譲るつもりはない」

言葉の端々から綾世くんの真面目さが伝わってくる。兄に代わって後を継ぐために精一杯努めてきた自負があるのだ。

「梓さんにも協力してもらっていますしね。だからこそ、この立場を盤石なものにしないと。……では、仕事に行ってきます」

そう言い置いて食堂を出ていく。その背中を見つめながら、なんとも言えない感覚に包まれた。

応援したいという純粋な気持ちと、私より年下にもかかわらず想像もつかない重責を背負う彼を尊敬する気持ちと。

同時に、覚悟の裏にある優しさと危うさに触れて、力になりたい、そんな思いが湧き上がってくる。

——ああ……ダメだ。こんなに深く彼に触れてしまったら。この先も傍にいたくなる。支えてあげたいと思ってしまう。

この一週間、ずっと亜紀さんの存在が気がかりだったのは、本気で彼に惹かれつつあるからかもしれない。

彼との衝撃的な出会いから始まり、ベッドをともにした夜、初めて一緒に外を歩いた休日――少しずつ積もった好感が愛に変わり始めているのだろう。

いざ離婚すると決まったとき、〝離れたくない〟では困ってしまう。

……もし私が離婚したくないと言ったら、彼は困ってしまうかな？

ずっと一緒にいたいなら、妻の座にしがみつけばいい。子どものため、育児と仕事の両立のため、なにかと理由をつければ離婚を反故にできるかもしれない。

でも、契約は契約だ。離婚は私のためでもあり、綾世くんのためでもある。彼を自由にしてあげなければ。

『あなたを愛しているわけでもないし、絆を深めるつもりもない』――かつての彼の言葉が頭をよぎる。

お互いを利用し合っている、このドライな関係こそがうまくいくコツだ。私がのめり込んだ瞬間、きっと破綻する。

そもそも、今さら好きになっちゃいましただなんて、言えるわけがない。

「綾世くん」

食堂を出ようとしていた彼を呼び止める。彼はドアのハンドルに手をかけたまま肩越しに振り向いた。

「私は私のやるべきことをちゃんと果たすから。だから綾世くんも、自分の信念に従って頑張って」

綾世くんを想うからこそ、これ以上、踏み込んではいけない。彼の気持ちを尊重するべきだ。

彼は「お願いしますね」と緩く微笑み、部屋を出ていった。


一カ月が経ち、彼とは引き続き距離を保ったまま妊活を続けている。

新居の計画は順調に進んでいて、周辺環境、治安、子育てのしやすさなどを総合的に評価して土地を決めた。

間取りも固まりつつあり、３Ｄモデルに落とし込んで検討しているところだ。

これから最短で妊娠したとして、ぎりぎり産休前に設計を終えられる。施工はチームに引き継いで、子どもが一歳になる前には引っ越しが完了できるだろう。

まずはその妊娠が難しいのだけれど。

正直、妊活をなめていた。子どもってもっと簡単にできちゃうものかと思っていたのだが。

これってまさか私の年齢のせい？　三十を過ぎて妊娠しにくくなっている？　だとしたら綾世くんに申し訳が立たない。

ううん、そんなはずはない。最近は初産の年齢が上がってきているし、決して遅いなんてことはないだろう。

彼は相変わらずのんびりしていて、私に気を使っているのか、気長に待ちましょうと言ってくれている。

そんな彼とは裏腹に、私は日に日に焦りが募っていく。

もしもこのまま妊娠できなかったらどうしよう。私は妻として失格なのではないか、そんな考えに苛《さいな》まれ、次第に思い詰め始めていた。


営業日の十一時十五分前。私は打ち合わせに備えてオフィスを出た。

今日は注文住宅の見積もりを希望するお客様との初顔合わせ。

建築予定地は都内の一等地で、敷地面積も戸建てにしてはかなり広い。もしかするとお客様はかなりの資産家なのかもしれない。

契約金額も高額になるだろうと、営業の畠中さんが気合いを入れて臨んでいる。

お客様は以前ポピーホームズで建て替えをした友人から評判を聞いたそうで、設計に私を指名してくれた。光栄な気持ちと緊張が混ざり合い、朝から少しそわそわしている。

十一時五分前、畠中さんが受付でお出迎えし、お客様を連れてきてくれた。

先に打ち合わせスペースで待っていた私は、やってきた女性を見て驚きに目を丸くする。

「あら、梓さんじゃない！　久しぶりね。私を覚えている？」

そう言って親しげに手を握ってきたのは、一カ月ほど前に偶然レストランでお会いした叶野由里亜さんだ。亡くなった綾世くんの友人、亜紀さんのお姉さんである。

韓流アイドルのような美貌、艶やかな長い髪、整ったスタイル。

あの日はドレスを着ていたからひときわセレブ感が漂っていたけれど、今日は上質なコートとセットアップでお嬢様のような装いだ。

動揺しながらも、失礼のないようになんとか平静を取り繕った。

「お久しぶりです、叶野さん。ご予約のお名前と違ったので驚きました」

「予約の『富岡《とみおか》』は母の旧姓なの。見ていただきたいのはおばあ様の土地だから」

「そうでしたか。それは失礼いたしました。どうぞこちらに」

すかさず畠中さんがコートを預かり、奥の椅子を引いてくれる。

「おふたりはお知り合いだったんですね。もしかして、それでご依頼を?」

「いいえ、偶然です。だって私は〝設計士の斉城さん〟としか伺っていませんでしたもの」

彼女の言う通り〝斉城梓〟では私だとわからないだろう。ましてや仙國家の嫁が一般企業で働いているなんて誰が想像するだろうか。

「仕事中は旧姓の斉城を使っているんです」

「そうなの。私も旧姓を使わせてもらったから、お互い様ね」

彼女がにっこりと笑って椅子に腰かける。

綾世くんに紹介してもらったあの日、私を敵視しているように見えたけれど、今日は一転して感じがいい。設計士が私だと知って嫌な顔をする素振りもない。

もしかして、嫌われていると思ったのは気のせいだったのかな? 夜だったし、表情がよく見えなかっただけなのかも。

いずれにせよ、設計を依頼された以上は全力を尽くすのみだ。

私は下調べをした敷地の現況図をテーブルに広げた。

その土地がどの用途地域に属しているか、斜線制限の有無や建ぺい率、容積率、地盤やインフラの状況などは調査済みである。

「おばあ様の土地とおっしゃっていましたが、建て替え後はご家族でお住まいに？」

尋ねると、彼女は口もとに手を当てて上品に笑った。

「いいえ、さすがにここじゃ狭すぎるので。セカンドハウスにするつもりなんです」

この敷地面積で狭いと言うだなんて、普段はどんな豪邸に住んでいるのだろうか。

さすがは社長令嬢、綾世くんと同様、価値観が一般人とかけ離れている。

「では、リゾート的な役割も踏まえて考えていきましょう」

一時間程度ヒアリングを行い、必要な設備を洗い出した。

『とにかく居心地のいい贅沢な空間を』というオーダーだったので、採算は度外視して、ポピーホームズで用意できる最高級のご提案をしようと決める。

次回の打ち合わせは一カ月後。それまでにざっくりとした間取りや内装、外観のイメージを作って、確認してもらうことになった。

打ち合わせを終え、入口までお見送りしようとしたとき、彼女が「ねえ梓さん」と話しかけてきた。

「せっかくお会いできたし、一緒にランチでもいかが？　今後のこともいろいろお伺いしたいし」

ちらりと畠中さんを見つめて同意を取る。これから内々の打ち合わせを予定していたが、彼も目で「行ってこい」と言ってくれている。「このお客様を逃がすな」という熱い期待が伝わってきた。

「はい、喜んで」

「嬉しい！　先に一階のロビーで待っているわ」

「五分ほどでお伺いします」

一旦彼女を見送ったあと、畠中さんとともにオフィスへ移動する。

「富岡さん——いえ、叶野さんでしたっけ？　彼女とはどういうお知り合いなんです？」

「主人の古い知り合いで」

「なるほど。セレブのお友だちはセレブってわけですか」

納得したように畠中さんは頷く。

「まあ、一番驚いたのは、斉城さんのご主人ですけど。叶野さん以上の大豪邸を建てようとしてるそうじゃないですか」

マイホームの建築については、すでに正式な案件として受理され、計画を進めている。類を見ない規模の大豪邸になる予定で、意匠や構造、設備、外構、インテリアの担当者は各部から精鋭が集められた。

設計については主担当が私で、補佐に濱岡。契約や資金回りは営業部の部長が自ら担当してくれる。

計画が進むと同時に、漠然と『経営者』とだけ説明していた夫の肩書きが明らかになり、周囲はセレブだ富豪だとざわつき出した。

「でもこうやってポピーホームズが資産家の方々の間で話題になって契約が殺到すれば、うはうはなんじゃ……俺の名前で紹介してもらえれば、契約金額もうなぎ上りでボーナスもがっぽがっぽ、うまくいけば昇給も……」

畠中さんが下心丸出しの独り言を漏らし始める。

「叶野様、絶対に落としましょうね！」

ぐっと拳に力を込め、ガッツポーズを決めてオフィスに戻っていった。足取りはるんるんだ。

私は苦笑いで一礼したあと、急いでデスクに戻り、コートとバッグを持って一階に向かった。

先に一階に下りていた由里亜さんは、ロビーのソファに腰かけて待っていた。私の姿を見つけて、愛想よくひらひらと手を振る。

「梓さん、お疲れ様」

「叶野様、お待たせして申し訳ありません」

「そんなに堅苦しくしないで、由里亜って呼んで。ランチの間くらいはお友だちでいてちょうだい」

お友だちという表現に意表を突かれつつも「わかりました、由里亜さん」と最低限の敬語で応じる。

「今、ちょうどお店を予約したの。イタリアンでよかった？」

「はい！　ありがとうございます、楽しみです」

とんでもない高級店なんだろうなあと内心冷や汗をかく。経費で落とせるだろうか？

「この近くでしょうか？」

「車で五分くらいかしら。あ、うちの運転手を紹介するわね」

そう言って案内されたのは当然のようにリムジンだ。車内でシャンパンを勧められたが、仕事中なのでと辞退する。

辿り着いたのは銀座《ぎんざ》の高級イタリアンレストラン。平日のこの時間、フロアはセレブなマダムたちで賑わっていた。

いつものビジネススーツだったら浮いていただろう。今日は偶然にもグレージュのニットに綾世くんが選んでくれたレザーのスカートを穿いていたので、その場にうまく馴染んだ。

眺めのいい窓際の席に案内されて、テーブルに着くなり、由里亜さんは興味津々に身を乗り出してくる。

「綾世が突然結婚したと聞いて、私、とても驚いたの。ねえ、綾世とはどこで出会ったの？」

彼女の口ぶりを聞いてなるほどと納得する。由里亜さんが食事に誘ってくれたのは、私と綾世くんの馴れ初めが気になっていたからかもしれない。

「父の紹介でご縁をいただきまして」

「お父様はポピーホームズの重役かなにか？」

「いえ。父は地方で建設業を営んでおります」

「あら、そうなの」

にっこりと笑って、彼女は前菜を食べ始める。ふたりきりになってもやはり彼女は穏やかだ。マウントを取られただなんて杞憂《きゆう》だったよう。

そう感じていた矢先、彼女が少々棘《とげ》のある声で切り出した。

「つまり、あなたや綾世の一存では断れない縁談だったというわけね」

ナイフとフォークを持つ手がぴたりと止まる。嫌な予感がじわりじわりと再燃し始めた。

「梓さんにとってはメリットのある縁談だもの、断る理由はないわよね。でも綾世のメリットはなんだったのかしら」

平静を保ちながらも、あの日に感じた敵意はやはり気のせいではなかったと確信する。由里亜さんは、私と綾世くんとの結婚に納得がいっていないのだ。

「彼、これまで結婚にはまったく興味を示していなかったの。父が私との縁談を申し入れたときも」

「それは……」

ふたりの間に縁談があったとは聞いていない。親友の姉だって話だったけれど、それだけではないの？

「私だけじゃないわ。多くの縁談を断ったそうよ。でも、梓さんとの縁談だけは受け入れた。どうしてあなただったのかしら」

由里亜さんから向けられる鋭い眼差しに、ごくりと息を呑む。

離婚前提の契約結婚だから――なんて正直に打ち明けるわけにもいかない。この契約は父にすら秘密にしているのだから。

かといって、ごまかしたところで納得してくれるかどうか……。

「価値観がマッチしたからではないでしょうか。私も綾世さんも仕事を第一に考えていますから」

これならば嘘にはならないだろうと言葉を選ぶ。私の返答に彼女は眉を寄せた。

「梓さんは、お仕事がお好きなの？」

「はい。結婚以前は仕事が恋人だと思っていたくらいで」

「……仕事は人ですらないわよ……??」

さっぱりわからないという顔で、由里亜さんは目を瞬かせる。

「結婚後も仕事を続けていきたいと綾世さんにはお話ししてあります。綾世さんは責任感の強い方ですから、共感するところがあったのではないでしょうか」

だからこそ、彼は私を妻に選んでくれたのだと思う。愛はなくても、理解し合える部分があるから。

「もちろん、政略結婚的な側面がなかったとは言いませんが、結婚を決断したのは私たちの意志によるものです」

由里亜さんは合点がいったのか、肩をすとんと落とし眼差しを緩めた。

「そうだったの。結婚をしたあとも仕事を続けるなんて、素晴らしい心がけだわ」

　突然人が変わったかのように笑顔になり、両手を打ち合わせる。

「父も今後女性役員をいかに増やせるかがグローバル化の課題だと言っていたもの。お名刺も拝見したけれど、そのご年齢で係長だなんて、きっと努力されたのでしょう？」

　私は「とんでもない」と控えめに一礼する。

「そんな梓さんを綾世が見初めたのだったとしたら、先見の明があったのかもしれないわね」

　頷く由里亜さん。私たちの結婚について、納得してくれたのだろうか。

「でもお仕事に注力したいのなら、仙國家の妻としてのお努めは煩わしいんじゃない？」

「いいえ。幸い、自由に仕事をさせてもらっていますし」

「それは綾世のご両親が日本にいないからでしょう？　戻ってきたらきっと毎日社交に連れていかれるわ」

　ドキリとして笑顔が凍りつく。良家にもなると社交って毎日あるものなの？

　その点については、私よりも綾世くんと近い環境に生まれた由里亜さんの方が詳しいだろう。

「跡継ぎを産めとも言われているんじゃない？　それでは仕事に集中できないでしょう？」

「出産に関しては、産休、育休をいただいて両立させるつもりですから」

「あまいわ！　日本の企業は子育てを支援しているように見せかけて、全然そうじゃないいんだから。とくに男性は女性をここぞとばかりに排斥しようとするの。心当たり、ない？」

力説する由里亜さんに気圧されて、うっと身を引く。女性が活躍しにくい現状を痛感しているだけに、彼女の言葉は重く響く。

「私なら協力できるかもしれないわ」

不意に切り出されたひと言に、私は「えっ」と眉をひそめた。

「梓さんは存分に仕事がしたいのよね。妻の役割、私が肩代わりして差し上げましょうか」

「は……？」

「今どき離婚なんて珍しくもないわ。私は全然気にしないわよ」

一瞬、なにを言われているのか理解できなかった。

まさか私に離婚を勧めているの？　そして自分が妻に成り代わろうと……？

そりゃあ離婚を考えていたのは確かだけれど、綾世くんが納得した相手と再婚するならともかく、勝手に妻役を別の女性に挿《す》げ替えるなんて論外だ。

「梓さんのお父様は、綾世とどんな取引をしているの？　投資？　合併？　うちは大きな貿易会社を経営しているから力になれると思うわ。家業の制約さえなくなれば、梓さんは自由になれるし、好きに仕事ができるでしょう？」

「ま、待ってください！　さすがにそれは」

慌てて手を前に突っ張ると、発言の突飛さをようやく自覚してくれたのか「そうよね」と頬に手を当てた。

「でも私、梓さんにはお仕事を頑張ってほしいわ。私のセカンドハウスもしっかり建てていただきたいし」

由里亜さんの言葉にごくりと息を呑む。

彼女の言う通り、私が産休に入れば、担当している設計は別の人間に引き継ぐことになる。由里亜さんのセカンドハウスについても、設計までは担当できたとしても、着工以降は立ち会えないだろう。

もちろん病気や異動、離職など、やむを得ない担当者の変更は当然あって、組織としてそれで困らないような仕組みにはなっているのだが。

そういうものだとわかっていても、心苦しくはある。

かといって、今すぐに綾世くんと離婚するなんて、ましてや別の女性と成り代わるなんて考えられない。身勝手すぎる。

「それにね、梓さんはもう三十歳を過ぎているんでしょう？　私はまだ二十九歳。わずかな差とはいえ、子どもを産むなら私の方がいいはずだわ」

やんわりと、だが逃げ場なく、見ないようにしていた事実を指摘され言葉を失う。

なかなか妊娠できない不安との相乗効果で、胸がずしりと重くなる。

出産だけを考えるなら、私より由里亜さんの方が肉体的にも適しているのかもしれない。でも……。

「ねえ、もし肩代わりの件に興味が湧いたら、連絡してくれない？」

由里亜さんはそう言って、クラッチバッグから名刺を取り出して私に差し出した。

そこには彼女個人の連絡先が記されている。

「……受け取れません。私、綾世さんと離婚なんて――」

「必ず連絡しろとは言わないから。念のため、もらっておいて」

押し切られ、苦い表情で名刺を受け取る。

離婚など考えられない、そうはっきりと断ってしまえばよかったのに。私より由里亜さんの方が綾世くんの妻として相応しい、その事実が邪魔をして言葉が出てこない。

「少しでも気が向いたなら連絡して。ね？　決して悪いようにはしないから」

複雑な思いを抱えたまま、由里亜さんとの会食を終えた。

彼女の提案は無茶苦茶で、到底受け入れられるものではない。

綾世くんが私を選んでくれたのは事実で、約束したからには短い間だけでも妻の役割をまっとうしたいと思っている。

だがそれ以上に、この役目を他人に譲りたくないと思っている自分がいて動揺する。

自分以外の誰かが毎晩綾世くんに愛されるなんて、考えたくもない。

私はもうこの場所を誰にも渡したくないと思ってしまっているんだ……。

愛されていないと知っているはずなのに、彼に惹かれているのを自覚してしまった。

このまま彼の子を身ごもって、出産して、約束通り離婚できるだろうか。

だんだんと自信がなくなってきて、目を逸らすように仕事に没頭した。

この日は定時に上がれず、休憩スペースの自販機に売っているおにぎりをデスクで食べながら残業した。

夕食はいらないと使用人に伝えてある。おにぎり一個じゃ少々物足りないけれど、かといって、夕食をしっかり食べるには帰宅時間が遅すぎる。

仙國家の冷蔵庫に常備されている料理長の手作りゼリーを軽くいただいて夜食にしよう。

ようやく帰宅した二十一時過ぎ。

屋敷のエントランスに足を踏み入れた私は、違和感を覚えた。いつもなら使用人が出迎えてくれるのだが、今日に限って誰もおらず、がらんとしている。

代わりに二階から怒声が響いてきたので、私はバッグを抱えて身構えた。

「ふざけるな！　誰に向かって口を利いてやがる！」

この声は綾世くんじゃない。かといって、使用人たちがこんな荒々しい言葉を使うはずもない。

なにが起きているの……？

おそるおそる階段を上り自室に向かおうとすると、二階から駆け下りてきた使用人頭の影倉さんが行く手を塞いだ。

「梓様、今はいけません。どうぞこちらに」

声を潜めてそう警告し、私を連れて階段を下りようとする。

しかし、二階に背中を向けた瞬間、「おい」という荒々しい声が降ってきたので、私はゆっくりと振り仰いだ。

二階にいたのは見知らぬ男性で、吹き抜けの手すりにもたれかかりながら、こちらを興味深そうに見下ろしていた。

「その女、もしかして綾世の嫁？」

半笑いで尋ねてきた彼は、おそらく私より少し年上で、バサバサとした短髪に無精ひげを生やしている。

体にぴったりフィットした白いカットソーとラフなジーンズ、ダウンジャケットを小脇に抱え、アウトローな印象ではあるけれど、顔そのものは端正。

背も高く細身で、どことなく綾世くんの面影がある。

「あなたは……」

問いかけつつも、予想はついていた。後を継ぐ意志がなく、ずっと姿を消していた綾世くんのお兄さんではないのか。

「誰だと思う～？」

男性はにやっといやらしい笑みを浮かべて、階段をゆっくりと下りてくる。

「祐世《ひろせ》様。旦那様の留守を預かっているのは綾世様です。綾世様の許可なく勝手なことは――」

影倉さんは私を守るように立ち塞がったが、男性に「邪魔だよ」と押しのけられ、階段の端に倒れ込んだ。

ちょうど手すりに手が届いたから踏みとどまれたものの、危うく転げ落ちるところだ。男性の横柄な態度に、瞬間的に怒りが湧き上がる。

「ちょっと。階段でそんな乱暴なことしたら危ないじゃない」

「……気の強い女だな」

男性が私の二段上で足を止め、腰を屈めて覗き込んでくる。

「俺が誰だかまだわかんないのか？　この仙國家の次期当主だぜ？　そんな口利いていいのかなあ～？」

影倉さんは手すりに掴まりながらも、私を守ろうと険しい声をあげる。

「梓奥様にちょっかいをかけないでください！」

「だからお前はうざいって」

目の端で睨みつけ黙らせると、階段を下りながら馴れ馴れしい仕草で私の肩に手を回した。

「なあ聞いてくれよ。この家は俺の家なのに、部屋にも入れてくれないんだぜ？　おかしいと思わないか？」

本当に長男だというのなら敬意を払うべきだろうか？　いやいや、こんな失礼な男に礼儀正しくする必要はないわよね。

悩むまでもなく一瞬で答えを出した私は、肩に置かれている手を払った。

男性は私の態度が意外だったのか、払われた手をじっと見つめ、憎々しげに目もとを歪《ゆが》める。

「綾世が留守ってことは、今この家の主はあんたってことだよなあ、奥様。俺をどうもてなすかも、あんたにかかってるってわけだ」

私の正面に回り込んで、仁王立ちで立ち塞がった。

「で、どうする？　正式な跡取りである俺をぞんざいに扱っていいのか、次男の嫁さんよぉ？　あんただって、この家の恩恵に与りたくて嫁いできたんだろ？　媚《こ》び売っておいた方がいいんじゃないのか？　言ってみろよ～『お兄様』って」

人を小バカにした態度に苛立ちが募る。

個人的には今すぐ家から追い出してしまいたいが、綾世くんがいない以上、勝手に判断すべきではないだろう。

「……影倉さん。こちらの男性を客間にお通ししてください」

背後の影倉さんにお願いすると、男性はひくりとこめかみを引きつらせ「客間、ねえ。あくまで部屋には入れてくれないわけだ」と不満げにぼやいた。

「申し訳ありません。ここに来て日が浅いもので、あなたの部屋があると耳にした覚えはございません」

せめてもの嫌みで応じると、男性はあっはっはとお腹を抱えて笑い始めた。

「おもしろいじゃん。一緒に来いよ。俺が客だっていうならあんたがもてなすのが礼儀だろ？」

話し相手でもさせるつもりか。渋々、男性のあとに続き客間に向かう。

「梓奥様！　お部屋に戻ってください！」

影倉さんが心配そうに駆け寄ってくるが「大丈夫、なにかあったら大声を出すから」となだめ、お茶の配膳だけお願いして下がらせた。

広々とした客間の、ソファのど真ん中に男性がどっしりと腰を据える。

「自己紹介くらいしてくれねえ？」

「……梓と申します。昨年八月に綾世さんと結婚し、この家に嫁いできました」

「梓ちゃんか～。俺は綾世の兄の祐世。綾世と最後に会ったのは、あいつが大学に入る前だったから……もう十年は経つのか」

私は彼――祐世さんの正面のソファに腰を下ろす。もっとこっちにおいでよ～と手招かれるが、接待でもないのに隣に座るいわれはないと無視を決め込んだ。

「梓ちゃんは見るからに真面目な社会人って感じだけど。もしかして会社勤め？」

服装とバッグを見て判断したのか、そう尋ねてくる。

「そうです」

「へえー？　金なんてたんまりあるのに、働く必要ある？」

「お金のために働いているわけじゃありませんので」

「うわ。俺の一番嫌いなタイプの人間だ」

顔をしかめながらソファから立ち上がり、こちらに回り込んできて隣に座る。嫌いなタイプなら近寄ってこなければいいのに。

ひと席分、横にずれると、さらにこちらに詰めてきて私の肩を抱いた。

「金のためじゃないって言いながらも、ここに嫁いできたのは金のためなんだろ？　綾世を金づるとしか思ってないくせに」

言い返そうとしたが、口を塞がれ手首を掴まれた。嫌悪感と苛立ちが湧き上がってきて、力の限り彼を睨みつける。

「だが思惑が外れたな。残念ながらこの家の跡取りは俺だ」

その瞬間、綾世くんの言葉が蘇《よみがえ》ってきた。

『愚鈍な跡取りなんて、許されませんから』『俺が周囲の期待に応えなければ』——彼がどれほどのプレッシャーに耐え、ここまで頑張ってきたのかも知らないくせに。

身勝手なもの言いに腹が立ち、早くも我慢の限界だ。はっきり言ってやらなきゃ気が済まない。

自由な方の手で彼の肩を突き飛ばし、ソファから立ち上がる。

「跡取りは綾世さんです。あなたの不在を埋めているのも、家業に貢献しているのも、すべて綾世さんよ。今さら戻ってきてのうのうと後を継ぎたいだなんて、勝手にもほどがある」

「……本っ当に生意気な女だな」

祐世さんはこめかみを引きつらせ、ゆらりと立ち上がりこちらに迫ってくる。

「チャンスをやる。綾世を捨てて俺のところに来い。未来の跡取りを産ませてやるよ」

「跡取りが必要なのは綾世さんよ。あなたじゃない」

「俺が先に生まれたんだ。俺が後を継ぐんだよ！」

激高した祐世さんがこちらに迫ってくる。私を壁際に追い詰めると、力ずくで肩を押さえた。

跳ねのけようとするも、体格の差がありすぎてびくともしない。どんなに強がって抵抗しても、力で来られたら勝てっこない。

「俺に歯向かったこと、後悔しろ。すぐに服従させてやるからな」

そう言い放ち、暴れる私を押さえつけ、強引に唇を近づけてくる。

逃げられない――ぎゅっと目を瞑った、そのとき。

バン、と勢いよく客間のドアが開き、革靴の音が真っ直ぐこちらに向かってきた。

「梓に触るな！」

そう言って祐世さんを引き剥がし、私を庇って前に立ったのは――。

「綾世くん……」

彼の姿を目にした瞬間、気が抜けたのだろうか、急に恐怖を実感して、情けないことに涙が滲んだ。

目の前にある頼もしい背中に、きゅっと手を添える。年下なのに。いじわるで生意気だと思っていたのに。どうしてこんなにも頼もしく感じられてしまうのだろう。

背中に頭をくっつけると、綾世くんは私を胸もとに抱き込んで、守るように祐世さんと対峙《たいじ》した。

耳もとでそっと「梓さん。遅れてごめん」と囁かれ、余計に涙をこらえるのが難しくなってくる。

「久しぶりだなあ綾世。立派な服着て、すっかり跡取り気取りだな?」

祐世さんが揶揄《やゆ》する。

「おかげさまで跡取りになる覚悟が決まったよ。誰かさんが逃げ出してくれたから」

綾世くんは負けじと挑発で応じ、祐世さんを睨みつけた。

「態度まで偉そうになっちゃって。昔は兄ちゃん兄ちゃんって、気弱そうに俺のあとをくっついて回っていた綾世がさあ」

「上が頼りないと下がしっかりするものだよ」

「……本当に、言うようになったな」

今にも掴みかかりそうな勢いで睨み合うふたりを見て、私の方がはらはらして背筋に汗が伝う。

「兄ちゃんが帰ってきたって、昔みたいに喜んでくれると思ってたんだが。時の流れは残酷だな。人間性を変えちまう」

「梓にさえ手を出さなければ丁重に迎えていたよ。俺にだって許せないものはある」

「その女のこと、随分気に入ってんだなあ。金目当てで嫁いできた、浅ましい女だぜ？」

「お前の知る女と一緒にするな」

地を這うような声色に、ぞくりとして凍りついた。

本気で、怒ってる？

綾世くんの冷徹な口ぶりは知ったつもりでいたけれど、これまでと全然違う。相手を問答無用で叩き潰す威圧感。

震えていると彼の腕に力が込められた。態度は冷淡なのに、腕の中はとても温かくて、胸がとくんと疼く。

大丈夫って、言ってくれてる？

この怒りが私を守るためのものだと知って、胸が熱くなってくる。

「俺になにを言ってもかまわない。だが梓に危害を加えるようなら、あらゆる手段を使ってお前を排斥する。二度と仙國家の敷居をまたがせない」

揺るぎない姿勢で兄と向き合う。そんな彼の姿に不覚にも見蕩《みと》れてしまった。

祐世さんは短く息をつき、くるりと背中を向ける。

「つまらねえ。一旦引き下がってやるよ」

そう不機嫌に言い放ち、客間を出たところで肩越しに振り向く。

「だが勘違いするなよ。仙國家の長男は俺だ。この十年間、俺がじいさんの金で能天気に遊んで過ごしていたと思うか？　すぐにお前より有能だと示してみせるさ」

なにかを企んでいるのか、不敵な笑みをこぼす。対照的に、綾世くんの態度は冷ややかだ。

「機会が与えられると思っているのか？　今のあなたじゃ、俺と同じ土俵にすら立てない」

「……本当に生意気になった」

チッと舌打ちし、最後に私へ目線を向けた。

「じゃあな梓ちゃん。また会いにくるよ」

ひらひらと手を振り立ち去っていくうしろ姿に、私はベッと舌を出す。

祐世さんが玄関から出ていくのを、私と綾世くんは客間の入口から見守っていた。

姿が見えなくなり、ようやく屋敷に平穏が戻った、そう安堵しかけたとき。

綾世くんに手を引かれ、再び客間に引きずり込まれた。そのまま強く抱き寄せられ、頭の中が真っ白になる。

「あ、綾世くん!?」

自身の胸の中に閉じ込めるかのような抱擁。ぎゅっと強く抱きすくめられ、いったいなにが起きているのかと混乱する。

不意に腕が緩み、私の顔を覗き込んだかと思うと、間髪いれず口づけが降ってきて、再び思考がぐるぐるし始めた。

「っん……どうして……」

「あいつに……奪われたので」

「う、奪われてない！　キスなんてしてないから！　ちょっと危なかったけど」

綾世くんの角度からは私と祐世さんがキスをしているように見えたのかもしれない。だからあんなに怒っていたの？

「本当に？　なにもされませんでしたか？」

心配そうな、ちょっといじけたような顔でこちらを覗き込んでくる。

さっきまであんなに頼もしそうにしていたのに。途端にかわいらしくなってしまった彼に、不覚にも母性が噴き出しきゅんとしてしまった。

「されてないされてない！　ちょっと壁際に追い詰められただけ」

「……よかった」

気が抜けたのか、がっくりと項垂れて私にもたれかかってくる。

ベッド以外で抱きしめられたことなんてない上に、平静を保てない綾世くんを見るのも初めて。こんな彼を相手にどう接したらいいのかわからない。

「あのね。本当に大丈夫だから――」

落ち着いて。そう言おうとしたのに、私を抱く腕にさらに力がこもり、混乱がいっそう極まる。

「梓さんは俺のものだ、絶対に渡さない」

掠《かす》れた声で念を押して、その言葉通りかき抱いて独占欲をあらわにする。

全身を巡る血液が一度上昇した。彼のスーツの脇腹をぎゅうっと握りしめて動揺を押し殺す。

もう祐世さんは近くにいないのに、どうしていつまでも離してくれないのだろう。

疑問とは裏腹に、頬がふにゃりと緩みかけ、慌てて表情を落ち着かせる。

これ以上甘えたら、気持ちが溢れ出してしまうかもしれない。抱きしめ返したい、そう願いながらも、ぎゅっと唇を引き結んでこらえる。

そのとき。コホンと咳払いが聞こえてきて、私たちは我に返った。

客間の外に影倉さんが立っていて、「綾世様、少々よろしいでしょうか」と申し訳なさそうに声をかけてきたのだ。

綾世くんが私から腕を解き、「ああ」と跡取りの顔に戻る。

「祐世様の件ですが、今後はどのように対応いたしましょう」

「俺の不在時は家に入れないでください。それから、絶対に梓とふたりきりにさせないように」

「承知いたしました」

静かに一礼し、影倉さんが立ち去る。残されたふたりの間に微妙な空気が流れ、なんともいえず押し黙った。

「……梓さん。使用人たちと今後の話をしてきます。両親にも報告しなくては」

急に姿を現した長男について、対応を検討するのだろう。もしかしたら、私にちょっかいを出そうとしたことについても話があがるかもしれない。

ふと、キスしていたと間違われたのを思い出し蒼白《そうはく》になった。変な誤解をされても困るので、今のうちに説明しておいた方がいい。

綾世くんのジャケットの裾を掴み「あのね」と声をかけると、彼は不思議そうな顔でこちらに目を向けた。

「祐世さんとは本当になにもなかったから安心して。それから、長男だとか跡取りだとか、この家の事情はよく知らないけれど、私は綾世くんについていくつもりだから」

祐世さんは『綾世を捨てて俺のところに来い』なんて言っていたけれど、冗談ではない。

もしも祐世さんが縁談の相手だったなら、良家の長男であろうと私は嫁がなかったと思う。いくら家業のためとはいえ、横暴な人と結婚するなんて嫌だ。

私が綾世くんと一緒になろうと決めたのは、父親の命令以上に、彼が信頼できると感じ取ったからだ。

「たとえあの人が家に戻ってきたとしても、言いなりになるつもりなんてない。私が結婚したのは綾世くんなんだから」

『梓さんは俺のものだ』――そう言ってくれたことへの答えになるといいのだが……。

すると突然、綾世くんの頬が紅潮し、唇がふにゃっと緩んだ。

思わず「へっ」という声が出てしまう。なんだその子どもみたいな表情は。

「……かわいい」

綾世くんがぽつりとそう漏らし、私を再び強く抱きすくめる。はわわわと混乱して後ずさり、よろけて壁に背中をぶつける。

そのまま壁に押しつけられ、唇を深く奪われる。とろりとした彼の舌が口内に滑り込んできて、満たされた気持ちになった。

祐世さんに迫られたときはあんなに嫌だったのに、綾世くんのときは心地いいとすら思えてしまうのが不思議だ。

「……大丈夫。あんなやつに跡継ぎの座を渡したりしません」

私の両頬を包みながら、優しい顔で言う。なにも心配しなくていいんだ、そう安堵して目を閉じ、キスの続きを求めた。

ひとしきり抱き合い口づけを交わしたあと、彼は耳もとで囁いた。

「……足りないので、あとで寝室で」

「……うん」

ゆっくりと体が離れ、温もりが遠ざかっていく。

綾世くんが客間を出ていってしまったあと、しばらく動けずに自分の体を抱きしめていた。

下腹部が疼いて、蕩けそうになっている。ダメだ、夜まで待ちきれない。重たいお腹を抱えながら自室に戻り、シャワーを浴びて夜に備えた。

早くベッドに来てと、こんなにも願ったのは初めてだ。今すぐ彼の腕の中に飛び込みたい。

もう妊活だなんて言い訳は通用しないくらい、身も心も欲しくなってしまっている。

しばらくすると、彼は寝室に顔を出してくれた。まだシャワーを浴びていなかったらしく「もう少しだけ待っていてください」と言い置いて立ち去ろうとする。

私はベッドの縁に腰かけたまま「待って」と引きとめた。

「さっきは、どうしてあんなに怒ってくれたの？」

「それは……当たり前じゃないですか。自分の妻に手を出されて、平気な男がいると思います？」

私の隣に腰を下ろし、硬い眼差しで見つめてくる。常にふてぶてしい彼に似つかわしくない、どこか緊張したような面持ち。

「梓さんは俺のものだ。ほかの誰にも渡すつもりはありませんから」

力強くも純粋でどこか初心な眼差しに、鼓動がとくんと音を立てる。

それが愛かどうかはわからないけれど、彼なりに独占欲を感じているみたい。

想像していた以上に、私を大事にしてくれているのだと伝わってきた。

「大丈夫。私は、綾世くんのものだよ」

少し高い位置にある頭を撫でると、彼はちょっぴり驚いた顔をして目を瞬いた。

女性に頭を撫でられるのは初めてだっただろうか、ふっと困ったように吐息をこぼし、柔らかい目をする。

「そういうこと、簡単に言わない方がいいですよ。男はすぐに勘違いしますから」

「勘違いもなにも。私は綾世くんの妻、それが事実だもん」

「そういう意味じゃないんですが」

綺麗な目をゆるっと細めて、素直で愛らしい笑みを浮かべる。

彼が体を傾けてきたから、受け止めるように手を伸ばした。そのままふたりでベッドに転がって、キスの続きを始める。

ジャケットを脱がせるのを手伝うと、彼はネクタイを緩めながら少々困ったように呟いた。

「俺、シャワー浴びてないです」

「ん。大丈夫。気にしない」

「あなたが気にしなくても、俺が気にするし」

「これ以上待たせないで」

珍しくこちらからわがままを伝えてみると、彼は「仕方ないな」と笑みを漏らしながらベストのボタンを解いた。

スリーピースのスーツって、なんてたくさんボタンがあるのだろう。ひとつひとつ外していく時間がもどかしくて、余計にそそられる。

「人が服を脱いでいるところをそんな目で見つめないでくださいよ」

彼はちょっぴり照れくさそうな顔をして、シャツの前を開ける。

開いたシャツの中に手を差し入れ、背中に腕を回し、覗いた逞しい胸筋を引き寄せキスをした。

私は妻なんだから、これくらいさせてもらったって許されるはずだ。

「また、かわいいことして」

彼が愛撫とキスを繰り返しながら、私の寝間着をゆっくりと脱がしていく。上半身を弄び昂らせたあと、下腹部に触れ、プッと吹き出した。

「もう。とろとろじゃないですか。俺のこと、好きすぎですよ」

「綾世くんだって。すごいことになってる」

「梓さんが誘ってくるからです。乗るしかないじゃないですか」

そんな言葉遊びをしながら、触れ合い、抱きしめ合い、体をひとつにする。

思わず感極まって、今まであげたことのない甲高い啼き声を漏らしてしまった。

そんな卑猥な私をも受け入れ包み込むかのように、彼は何度も愛を穿ち、私を乱し続ける。

彼が初めて、私より先に達してくれた。こんなにも激しく繰り返し愛されるのは初めてで、体の奥底がおかしくなってしまいそうだ。

昂り弾けるたびにうとうとして意識を飛ばしていた私だったが、終わりのない愛撫にいい加減、目が覚めてきた。

ようやく彼が満足しベッドに横たわったあと。

「さすがにこれは、妊娠しちゃうかも」

思わず苦笑いを浮かべると、彼は「すみません」と気まずそうに目を逸らした。

「なんで謝るの？」

「がっつきすぎだなと反省して。成熟した大人のセックスじゃありませんでした。なんていうか……盛りのついた犬的な」

珍しく自分を貶める彼がおかしくて、あははと声をあげて笑ってしまう。

彼は「笑いすぎです」と恥ずかしそうに枕に顔を埋める。

やがてそうっと顔を持ち上げ、枕を抱きしめたまま、叱られた子犬みたいな目をこちらに向けた。

「嫌じゃなかったですか？」

「大丈夫。今思い出すと、必死な綾世くんがかわいかったなあって思うくらいで」

「かわいいとか……最悪だ」

褒めたつもりだったのに、傷ついてしまったようで再び枕に顔を埋める。

「かわいいは嫌？　綾世くん、年下なんだからいいじゃない」

「年下だからこそ、あなたを支えられるような男にならないといけないんじゃないですか」

そんなふうに考えていてくれたんだ。

私が思っている以上に、彼は妻という存在を大切に思ってくれている。

相手にするのが面倒だなんて本当は嘘だ。優しくて、繊細で、パートナーに対して誰よりも真摯に向き合おうとしているのだと知る。

「綾世くんはいい男だよ。今日、私を守ってくれた」

そっと頬に手を伸ばすと、彼はその手を捕まえて、自ら頬ずりした。

「守ります。……あなたの夫でいる限り、俺は……」

そうぽつりぽつりと決意を漏らしながら目を瞑り、そして。

「……綾世くん？　寝ちゃったの？」

私の手に頬ずりしたまま、すやすやと寝息を立て始めた。

よっぽど疲れたのか、あるいは気が抜けたのか。滅多《めった》に見せてくれないその寝顔はあどけない。

「……やっぱり、かわいいじゃない」

背伸びしたがりの彼の寝顔にちゅっと口づける。彼の腕に頭を載せ、懐に潜り込むみたいにして、私もようやく眠りについた。

第五章　年下御曹司の苦悩～彼女を手放さないために～

いつも規則正しく訪れる月経が止まったのは、二月上旬のこと。二週間程度様子を見て、産婦人科にやってきた。

「おめでとうございます。ご懐妊です」

そう医師から告げられ、安堵の息を漏らす。

「ありがとうございます」

よかった。ちゃんと妊娠できたんだ。跡取りができなかったら、綾世くんに嫁いだ意味がないもの。

喜ぶと同時に、離婚へのカウントダウンがスタートしたことに気づき、じわじわと焦りが募る。

妊娠に後悔はないけれど、綾世くんとの関係が終わるのは、正直言って怖い。私の中ではもう、ただ利害が一致しただけの人ではなくなってしまっているから。

とはいえ後戻りはできない。跡継ぎを産んだあとは、自由を手に入れる。私も、綾世くんも――そういう約束だ。

この日の夜。夕食を終えた私が夫婦専用のリビングで雑誌を読んでいると、綾世くんがやってきた。

まだ彼はスーツのジャケットを着たまま。帰宅してすぐリビングに顔を出してくれたみたいだ。

そもそも、このリビングを使うようになったのはここ最近。それまではお互い顔を合わせず、自室にこもっていた。

少しずつ、本物の夫婦に近づいてきているのを感じる。

彼は私を以前よりも多少は妻として——精神面でのパートナーとして——認めてくれているのだろうか。少し期待してしまう。

「なにを読んでいるんです?」

「仕事の延長線上かな。意匠設計の雑誌を読んでるの」

意匠設計とはデザインとしての設計を意味する。

構造設計は耐震性や耐久性、設備設計はインフラ、それぞれ家を建てるために必要だが、心地よさを追求するために欠かせないのが意匠設計だ。

「私たちの新居もそうだけれど、最近はクオリティを求められる依頼が増えてきているから、勉強のために」

「由里亜さんの依頼のことですか？」

「うん。依頼されたからには、全力で応えたいし」

由里亜さんが設計を依頼してきたことについて、先日、綾世くんに報告した。もちろん〝妻の役目を肩代わりする〟なんてとんだ提案をされたことは伝えていないが。

「念のため由里亜さんに連絡を取ってみたんですが、梓さんへの依頼は偶然だと言っていました。とはいえ、彼女が梓さんを快く思っているかどうかは正直疑問です。もし違和感があればすぐに俺に伝えてください」

「うん、ありがとう。大丈夫だよ」

今のところつつがなく進行しているので、心配はないと考えている。私は雑誌を閉じ、あらたまって彼に向き直った。

「……ところで、話したいことがあって」

リビングで彼を待っていたのは、大事な話があるからだ。

日中、産婦人科に行ってきたことを告げ、テーブルに置いていたファイルの中から白黒のエコー画像を取り出す。

「──それでね。妊娠五週目だって」

「っ！」

彼は驚いた顔で画像を手に取り、一瞬言葉を失ったあと。

「そう……ですか。よかったです」

深い深い息を吐き出した。

安堵……しているのだろうか？　あまり喜びとは形容できない複雑な表情をしているので、私はあれ？　と動揺する。

もしかして喜んでくれてない？　子どもを望んでいたのは彼の方なのに、どうしてそんなに浮かない顔をするのだろう。

本心を探るようにじっと覗き込むと、こちらの様子に気づいたのか「すみません、突然だったもので、驚いてしまって」と言い訳して手を伸ばしてきた。

「ありがとうございます。梓さん」

落ち着いた声でそう告げて、私を抱きしめる。優しく、そおっと、壊れものにでも触れるかのような繊細な力加減で。

「体、大事にしてくださいね。俺にできることがあれば、なんでも言ってください」

「うん。ありがとう」

喜んで……くれているんだよね？

ふと彼の想い人が頭をよぎり、違う違うと考えを振り払う。もう彼女は亡くなっているんだもの。今さら気にしても仕方がない。

でも、それでも。子どもを産むなら彼女とがよかったなんて、ほんの少しでも感じているのだとしたら――。

そう考えただけでもたまらなく胸が苦しくなってしまうのだった。

＊＊＊

「妊娠五週目だって」

無邪気に喜ぶ彼女を見ていたら罪の意識が膨れ上がり、俺は笑顔で「おめでとう」と言えなくなってしまった。

彼女への愛《いと》しさから我を忘れて抱き尽くした一カ月前の夜を思い出す。とうとう妊娠させてしまった。

彼女は結婚にも出産にも興味がない。ただ全力で仕事をしたいだけだ。

そんな彼女を縛ることに躊躇《ためら》いを感じ続け、妊活と言いながらも妊娠させないように細心の注意を払っていた。

それなのにあの日、どうしても彼女が欲しくなり、欲望をぶつけてしまった。身も心も自分のものにしたいと望んでしまったのだ。

案の定、彼女は俺との子を身ごもったという。

双方合意の上とはいえ、俺のエゴで彼女の未来を奪ってしまったのではないかと、罪悪感に苛まれた。


大学を卒業し、仙國家を継ぐと覚悟を決めたあたりから、頻繁に縁談が舞い込んでくるようになった。

縁談といえば政略的な側面が強い。提携を望む組織の役員令嬢だとか、倒産寸前の会社の社長令嬢だとか、そんな見え透いた縁談はこれまで断ってきた。

だが、いずれは身を固めなければならない。跡取りの必要性も重々理解している。

せめて納得のいく相手を探せないだろうか。『この女性となら』と、漠然とでも未来に期待が持てる相手がいたなら――。

そんなわずかな希望を胸に、相手を探し続けて数年。一風変わった縁談が舞い込んできた。

持ちかけてきたのは、地方で地域密着型の建設業を営み成功を収めていた斉城弓重《ゆみしげ》――梓の父親だ。

この縁談もどうせ援助目当てだろう、そう考えていたが、どうもおかしい。この男の会社は安定していて、援助などなくても充分にやっていけるはずだ。釈然とせず、直接会って確かめてみた。

「斉城建設について調べさせていただきましたが、実に堅実な経営をしてらっしゃる。安定した右肩上がりです。なぜうちと縁談の必要があるのですか？」

尋ねてみると、彼は娘の釣書を差し出しながら、謙虚に頭を下げた。

「おかげさまで、うちは大儲けとはいきませんが、着実に売上を立てております」

「余計に理解できませんね。資金援助のために縁談をしてほしいと言われた方がまだ納得できます」

「経営のためではなく、仙國さんを誠実な男と見込んで娘をお願いしたいのです。手腕はさることながら、浮ついたところがなく、堅実に仕事をなさっていると聞く」

確かに女遊びが激しいだの豪遊しているだのと噂話が絶えない権力者は多い。淡々と仕事をこなす俺は、珍しい部類の人間かもしれない。

渉外担当者は、高級クラブやホステスを使った接待をしても鬱陶しそうに顔をしかめるだけの俺を見て、どうやってもてなせばいいかわからないと嘆いているらしい。

「うちの娘は、器量はそこそこ、素直で努力家で学もある。仙國さんのインテリジェンスに富んだ会話にも応えられるでしょう」

「答えになっていませんが」

「……正直な話、うちの娘は、学はあるのに男の好みが悪すぎる。無職の男を養ったり、妻子持ちの男に手を出そうとしたりと、親としては心配が絶えないのです。挙げ句、結婚はせず仕事に生きるとまで言い出した。私としては、誠実な結婚相手を見つけて安心したい」

「はあ……。それで縁談を？」

毒気を抜かれて釣書に目を落とす。

有名大学出身、一流企業に就職、難易度の高い資格をたくさん取得しており、エリートコースまっしぐら。若くして係長にまで昇進したという。

なるほど、確かに有能そうな女性ではある。仕事に生きたいという気持ちもわからなくはない。

「娘さんの好きにさせてあげればいい。今の時代は、望んで未婚を選ぶ女性もたくさんいますよ」

「ですが、女性が社会で活躍するのは大変ですから。若いうちはちやほやされてどうにかなるでしょうけども、この先を考えると、私は心配で夜も眠れません」

ちやほやだけで資格試験には合格できないし、大手企業の係長にもなれないと思うのだが。

　この父親はとんでもなく過保護なのか、あるいは娘をまったく信頼していないか。まあ、ヒモ男に不倫未遂とくれば、信頼できないのは当然かもしれないが。

「もし私が縁談をお断りしたなら、娘さんはどうなるのですか？」

「それはもちろん。育ちのいい誠実な男性を探します。うちの娘はなんてったって器量がいいですから、きっと見つかるでしょう」

　そう言って釣書の写真を指さす。

　成人式の写真を見せられても……と困惑するが、確かに二十歳の時点で美人ではあるので『器量がいい』という話も誇張ではないのかもしれない。

「……わかりました。会うだけ会ってみます」

　ここまでの仕事人間に、逆に興味が湧いてきた。華々しい経歴を持ちながら、男の好みが悪い残念な女性というのも見てみたくはある。

　今後、彼女が良家の男の間をたらいまわしにされるのも不憫《ふびん》に思えた。

「ですが、合わないと感じたらお断りします。それでかまいませんね」

「充分です。ありがとうございます」

縁談を了承し、後日、娘さんとの顔合わせの日程を決めた。三カ月先まで仕事の予定が詰まっていたが、一カ月後の平日の夜に、なんとか会食の時間を捻出した。

当日。一時間半以上遅れてやってきた彼女を見て、目を丸くする。

飾り気のないスーツに乱れた髪、媚びない態度。息を切らしていて額には汗が滲んでいる。こんな格好で会食に来た女性を初めて見た。

彼女は俺にまったく興味を持っていない。

事前の情報通り、縁談自体に興味がないのだろう。とはいえ父親の命令を無視もできず仕方なく来た、といったところか。

遅刻に関しては悪いと思っているらしく、彼女は肩で大きく呼吸をしながら深々と頭を下げた。

「遅くなってしまい、申し訳ありませんでした！」

「一応、遅れてきた理由を伺っても？」

「……仕事でトラブルがありまして。部下がミスを——いえ、事前に気づけなかった私の責任なのですが——」

言い訳が完全に社会人のそれで、今は仕事中だったか？　と幻視する。

父親が心配するのも無理はない。おそらく彼女の頭には仕事しかない。

喉の奥から笑いが漏れそうになるのをこらえた。俺と少しだけ似ていたから。

「――あなたが縁談より仕事を優先する女性で、むしろ安心しました」

思わず本音を漏らすと、彼女は信じられないという顔で目をまん丸くした。リアクションも豊かでおもしろい。

「……それに、実は私も先ほどここに着いたばかりなんです。仕事が押してしまいまして」

時間通りに着いていたのに、咄嗟にこんな嘘をついたのは、もう少し話をしてみたいと思ったからだ。

時間の価値を理解できない人間は嫌いだ。遅刻も嫌い。

だが、仕事の現場では時間通りが通用しないことも経験上知っている。同じように、身をもって知っている彼女なら価値観が合うのではないかと思った。

あらためて会食をしようと着替えを勧めたら、別人のように美しくなって、それはそれで彼女のポテンシャルに驚く。だが――。

「スーツの方がお似合いですね」

ドレス姿を褒めなかったのは、仕事でこそ輝くタイプの女性だと思ったからだ。

飾り立てて美しくなる女性は多いが、スーツを芯から着こなせる女性はなかなかいない。最上級の賛辞のつもりだ。

いずれ誰かと結婚するのなら、彼女を選ぶのも手かもしれない。

『この女性となら』——確信とまではいかないが、これまでにない手ごたえを感じていた。

俺に興味のない彼女と、恋愛や夫婦ごっこに興味のない俺と。そんなフラットな関係がうまく作用するかもしれない。

彼女は結婚など望まないだろうが、俺が縁談を断っても、別の縁談が来るだけだ。ステレオタイプな男と結婚して家庭に入れと言われるよりは、仕事に対して肯定的な俺と一緒にいた方が都合がいいはずだ。

「それで。入籍はいつにしましょう」

さっそく話を進めると、彼女はぎょっとしてワインを噴いた。

仕事を続けてくれてかまわない、代わりに跡継ぎを産んでほしい——そんな提案に、彼女は神妙な顔でこちらに向き直る。

「勘違いしないでいただきたいのは、子どもを産んで逃げるような無責任な真似はいたしません。私も育児に参加させてください」

都合よく利益を享受するだけに甘んじない。真面目な性格。真っ直ぐで、気が強くて、責任感がある。逆境にこそ燃えるタイプ。

加えて、俺より三つ年上。精神的にも社会人としても成熟している印象だ。

……悪くない。むしろ好ましいくらいだ。

俺が恋愛にも結婚にも興味を持てなかったのは、肩書きを目当てに近寄ってくる女性が多かったからだ。

相手に好かれようと取り繕う女性たちは、話していてつまらない。イエスとしか言わない綺麗な人形に話しかけているかのようで虚しくなる。

しかし、彼女と話をしていると、そんな物足りなさは微塵も感じない。

責任ある立場を任されているからか、価値観も近い。

ひとりでも逞しく生きていける自立した女性――これこそが『この女性となら』と思える鍵だったのかもしれない。

話し終える頃には、妻役をお願いするなら彼女がいいと確信していた。

「離婚や別居は、あなたのお好きなタイミングでどうぞ」

最初は戸惑っていた彼女だが、覚悟を決めたのか条件を呑んでくれた。

いずれその契約に苛まれるのは俺の方だと自覚するのは、もっとあとのことだ。

籍を入れ夫婦となり一カ月。幾度か夜を過ごして、あらためて思う。

なんて魅力的な女性なのだろう。

普段は知的で凛としているのに、ベッドの中ではふにゃふにゃになる。強がりで大人ぶってはいるけれど、初心なのがまるわかりで、少しかわいがるだけであんあん啼いて極みに達し、すやすやと眠ってしまう。

体力の限界が訪れて寝息を立てるあどけない彼女を見て、生まれて初めてじれったさを覚えた。

……かわいすぎるだろ。

こんなにも夜をともにしているのに、いまだ俺に関心を抱いてくれない。

こっちを向いてほしくて、ついいじわるをしてしまう。怒る彼女も嫌がる彼女もツンとする彼女も全部かわいく見えるので救いようがない。

しかも、大らかなのか懐が広いのか、さんざんいじめて悪ふざけしても、しばらく経つとケロッと忘れて許してくれる。

始めは妊活だと言って体を重ねていたが、次第に目的がすり替わっていった。

彼女が好きだ。抱きたい。いじめたい――もとい、かわいがりたい。

しかし、いざ妊娠すれば彼女に触れる理由はなくなる。出産が終わって約束が果たされれば、そばにいる必要もなくなり、離婚されてしまう。

まだ彼女を手放したくない。あわよくば俺に落ちてくれないだろうかと隙を狙った。

この歳にして初めて味わう感覚だ。これが追いかける恋というやつか。

これまで追いかけられることなら山ほどあったのだが、手を伸ばしても掴めない女性に出会ったのは初めてだ。

存分に働きたいという彼女にもう少し猶予をあげたい。そんな口実を作り、俺はこっそり避妊を始めた。

先に達してしまわないように耐え、彼女が力尽き、うとうとし始めた頃に己を解放する。避妊の方法はいろいろだが、極まった余韻に浸りぼんやりとしている彼女は、幸いにも小細工に気づかなかった。

「……好きだ」

力尽きて熟睡している彼女の、赤く艶めいた唇にそっと触れる。

もう一度くらい抱いてしまおうかと頭の中で悪魔が囁き出す。

真っ白な首筋に唇を這わせ、か細い鎖骨に歯を立てる。ふわふわの胸にも触れてしまおうか。いっそこのまま指先を、彼女の百合の花に潜らせて――。

ああ、と頭を抱えて枕に埋もれる。彼女の素肌を前に理性が利かない。

これでは盛りのついた犬だ。抱きたい。めちゃくちゃにしたい。犯してしまいたい。俺だけのものにしたい。

――と、昂る体をなんとか落ち着かせ、彼女の隣に横になる。

よくもまあこれだけ無防備に眠れたものだ。隣に発情中の獣がいるというのに。

「梓さん。俺のものになって」

祈るように情けない声を漏らしながら、浅い眠りを繰り返した。

ともに過ごすにつれ、彼女についている嘘――妊活といって彼女を抱きながらも、避妊している事実が、重くのしかかってきた。

跡取りが欲しいのは確かだ。だが、仕事に注力したい彼女を妊娠させるべきではないという中途半端な情と、もっと一緒にいたい、離婚を先延ばしにしたいというエゴで板挟みになっている。

彼女を抱きたいがために高速で仕事を捌《さば》いて家路につく。

ワーカーホリックなあまり、休日返上で無限に働いていた俺が、結婚した途端にワークライフバランスを説くようになったものだから、秘書たちは「奥様の愛の力は偉大」とざわついている。

仕事に支障をきたすつもりもなく、効率は以前よりも上がっているくらいだ。

ついでに秘書たちも早く帰れるようになってウィンウィンである。

決算期で忙しい彼女の帰宅時間を使用人に確認させ、早帰りの日があると狙って帰宅する、ストーカーのような日々。

この日、彼女が珍しく二十時に帰宅するというので、残業もそこそこに切り上げた。

「この時間に帰ってくるなんて、珍しいね」

食卓で顔を合わせ、そう訝《いぶか》しむ彼女に「偶然、会食がキャンセルになったもので」と言ってごまかす。

事情を知っている給仕が彼女の背後でくすくすと笑っているのが少々気に障る。

「休んでるところを見ないけど。ちゃんとお休み取れてる？」

残業の話題を切り出され、休みを返上していると告げると、彼女はなにかを言いかけたが呑み込んで静かに微笑んだ。

「……お仕事、頑張ってね」

その台詞が出てくること自体、俺をよく理解してくれている証拠だと思った。

こういうとき、他人はだいたい「体が心配だ」「ちゃんと休んで」と休息を勧めてくるのだが。無責任なアドバイスほど困るものはない。

その点、彼女は責任ある立場についているせいか、頑張りどころをよく知っている。あるいは信頼してくれているのかもしれない。心配を口にするのは簡単だが、信じて見守るのは難しい。

俺は彼女に家を出ようと提案した。純粋にふたりきりで過ごしたかったのだ。ここは余計な人間が多すぎる。両親もやがては帰ってくるだろう。

彼女は喜んで提案を受け入れ、新居を自分で設計すると張り切っていた。


少しずつ彼女との距離を縮めようと——あわよくば夫として認めさせたいと——画策していたにもかかわらず、すべてを台無しにしてくれたのは兄だった。

幼い頃から五歳年の離れた兄が大好きで、お兄ちゃんお兄ちゃんと引っついて回っていたのは事実だ。

兄はよく言えば世話焼き、悪く言えば目下の人間をはべらせるのが好きで、よく弟の俺を連れ立って遊び回っていた。

みんなの中心に立つ彼は、幼い俺にとっては自慢の兄だった。

兄の話をすごいすごいと素直に聞いて感心した。学校で一番頭がいいとか足が速いとか、中にはドラゴンを倒したとか、鬼をやっつけたとか、今思い返すとあからさまに脚色されていたが、当時は全部信じていた。

歳の差があるため、同じ学校に通っていた時期はほとんどない。俺が小学校一年生になる頃、すでに兄は卒業間近で比較のしようもなかった。

しかし、中学、高校になると、学力の差が明確に現れてくる。

周囲の人間は兄よりも俺の方が、学力の面でも努力家という意味でも優れていると判断し、兄自身も劣等感を抱くようになっていった。

兄弟の構図が明確に変わったのは、俺が英国の名門大学に入学を決めたときだ。

兄は二浪して、日本のそれなりの大学に通っていたが、俺との期待の差にモチベーションを失ったのか、中退して姿をくらました。

祖父だけは居場所を知っていて、ときには口座に送金していたらしい。

兄は起業したり事業を立ち上げたり、儲け話に手を出していたみたいだが、立ち行かなくなるたびに祖父に金を無心していたそうだ。

姿を消してから十年、もう実家には戻ってこないと思っていた。

俺は仙國家の跡取りに繰り上がり当選したわけだが、期待をかけられたからには応えなければならないと必死に経営を勉強した。やっぱり兄がよかったなどと失望されたくなかったのだ。

初めの頃は、兄が戻ってきて後を継ぐというのなら任せたいと思っていたが、今はもうその気持ちもない。

祖父や父をはじめとする経営陣は、俺を社長に育てるべく教育を進めている。積み上げてきた経験や信頼を無駄にはしたくない。

妻の存在も大きい。彼女を守るためにも跡取りとして堂々と胸を張っていたい。

今になってまさか本気で跡継ぎの座を狙っているわけでもないだろう、そう高を括っていたのだが――。


兄が突然家に押し入ってきて妻にちょっかいをかけた、翌週のこと。

本社ビルの役員フロア。祖父に呼ばれ会長室に向かうと、そこにはラフにスーツを着こなした兄がいて、俺はぎりっと奥歯をかみしめた。

「綾世。祐世が心を入れ替え、この会社のために尽くしたいと言っている。そこで都市開発本部の特別事業部長のポジションを用意し、まずは一年間、研鑽《けんさん》を積んでもらおうと思っている」

社長である父は海外支部に注力するため長期出張中。日本国内を仕切っているのは、実質会長である祖父だ。

そして祖父は孫に甘い人間である。ただ孫がかわいいというだけで重要なポジションを任せてしまっている。

……破綻するぞ？

父がここにいたなら、大反対していただろう。たとえ息子でもシビアに接する人だ。しかし父はおらず、まだ専務である俺には、祖父の決断に反対できるほどの力はない。かといって、役員である以上、やすやすと見過ごすわけにもいかなかった。

「お言葉ですが会長。この規模の事業経験のない兄に、そのポジションが務まるとは思えません。いきなり試すというのは酷なのでは」

「それを見るための一年だ。まずはチャンスを与えてやろう。いずれはお前の右腕となってくれるかもしれん」

ふう、と人知れず落胆する。さんざん機会を与えてきて、それでも逃げ出した兄に、今さらなんのチャンスをあげるって言うんだ。

もちろん右腕となってくれるなら願ってもないが、そもそも補佐が務まるような手腕と謙虚さがあるなら、姿をくらました挙げ句に恥ずかしげもなく金を無心したりはしないだろう。

兄がしゃあしゃあと言い放つ。

「会長。俺に秘書をつけてください。綾世の言う通り、俺はこの会社のルールをなにも知らない」

「いいだろう。手配しておく」

部長に秘書など聞いたこともない。甘やかしすぎだと頭を抱えながらも、仕方なく会長室をあとにする。

誰もいない役員フロアの廊下を歩いていると、うしろから兄が「おーい」と能天気な声をあげて追いかけてきた。足を止め、冷ややかな眼差しで睨みつける。

「じいちゃんは優しいよなあ。泣いて土下座したらあっさり事業部長だもんなあ」

ひょいっと肩を竦め悪びれずに言う兄。どうやらこの十年で、目的のためなら土下座もできる小賢しさを手に入れたようでなによりだ。

「それにしても、俺がお前の右腕ねえ。じいさんは耄碌《もうろく》して、どっちが年上か忘れちまったか」

当然だと心中で嘆息する一方で、まだ本気で跡継ぎになれるなどと考えているのかと、その楽観さに呆れ果てる。

「綾世。勝負しようぜ。俺とお前、どっちが業績を上げられるか。俺が勝ったらその地位を渡せ」

「乗るわけがないだろう。俺にメリットがない」

「お前が勝ったら、二度とあの家には戻らない。それから梓ちゃんにも金輪際、ちょっかいをかけないって約束してやる」

「当然のことを恩着せがましく言うなよ。梓には二度と近づかせない」

睨みつけると、話に乗ってきたと踏んだのか、ニヤリと口角を跳ね上げた。

「なんだ？　勝つ自信がないのか」

「兄さんと違って挑発に乗るほどおめでたい性格じゃない」

無視して歩き始めると、兄はスラックスのポケットに手を突っ込みながら追いついてきた。

「示せばいいんだろ？　俺に経営の才能があるって。じいさんを唸らせてやるから楽しみにしてろ」

そう顎をしゃくって高らかに宣言し、ずかずかと大股で過ぎ去っていく。

そのうしろ姿に向かって、ひっそりと本音を吐き出す。

「そもそも経営を才能で片づけようとしている時点で、なにも理解していないのがバレバレなんだよ」

経営に必要なのは努力とノウハウ、知識の積み重ねから判断を下す。決断のたびにギャンブルをしていたら、資金なんていくらあっても足りない。

「努力を嫌う人間ほど、才能で片づけようとする」

兄は才能を言い訳にして逃げているだけだ。がむしゃらに向き合えば、問題なく跡取りになれたものを、どうせ無理だとあきらめて努力を放棄した。

ねえ兄さん。俺の成績がよかったのは、才能があったからじゃない。単純に毎日机に向かっていたからだよ。

兄さんみたいに立派な小学生になりたくて、ランドセルを背負うずっと前から勉強を頑張っていたんだ——。

もっと早くにそのことを伝えるべきだったと、今さら後悔している。


その日の夜、帰宅中の車の中で見知らぬ番号から着信があった。

応答すると『綾世～？』という馴れ馴れしい声。察しがついて、げんなりと短く息をつく。

「番号を教えた覚えはありませんが」

『亜紀の端末に入ってたから』

「よく故人の端末を漁《あさ》れましたね」

苛立ちを滲ませてなじると、あっけらかんとした声で『連絡が取れないと困るもの』と返された。

『もうすぐ亜紀の命日でしょう？　会食を開こうと思っているの。綾世もぜひ来てほしいって父が言っているから』

法事でもなんでもなく、単に命日を口実にして食事会を開きたいだけなのだろう。彼女は俺が結婚したあともいまだに縁談、縁談とあきらめないし、父親の方はこちらにたいしてメリットのない提携を強引に推し進めようとしてくる。

なんとも自己中心的な親子だ。なるべく関わり合いたくない。

「俺は結構です。お父様によろしくお伝えください。では――」

通話を終えようとした途端、彼女は『梓さんがね』と切り出した。そう言えば聞いてもらえると思っているのだろう。

『先日、一緒にお食事をしたのだけれど。仕事に専念したがっていたわよ。子どもなんて産みたくないって言っていたわ』

感情が冷ややかに凪いでいく。

あの真面目で責任感の強い彼女が、『子どもなんて産みたくない』などと無神経な発言をするわけがない。

十中八九、彼女の嘘だろう。軽蔑とともに異常なほど冷静になった。

「設計の依頼をしたそうですね。どうして梓に近づいたんですか」

『偶然よ～。私は友人に「斉城って設計士が優秀だ」って聞いてお願いしただけだもの。旧姓だったし、梓さんだとは思いもしなかったわ』

白々しく笑ってごまかしているが、経営者一族ともなれば他人の身上調査くらいお手の物だ。梓の身元や勤め先、旧姓くらい調べようと思えば容易《たやす》い。

『梓さんとお話しして、よーくわかったわ。彼女、本当に優秀ね。とっても生き生きと働いているのよ。このまま仕事を続けるべきだわ』

「なにが言いたいんですか？」

『かわいそうだなと思っただけよ。彼女、結婚して幸せになれるようなタイプじゃないもの』

デリケートな領域に無神経に踏み込まれ、怒りが湧き上がってくる。他人を騙すときだけ饒舌《じょうぜつ》な彼女が、昔からずっと苦手だった。

「もし妻に危害を加えるようなことがあれば、俺はあなたを許しません」

それだけ言い置いて通話を切り、ため息交じりに窓の外を見つめる。

彼女の話はでっちあげだが、核心はついているのだから皮肉だ。

梓自身が『子どもを産みたくない』と言ったわけではないだろうが、本音はその通りかもしれない。そんな不安があるからこそ、今、こんなにも胸がざわついている。

最近は一緒に外出をしたり、ともに食事をしたり、結婚当初よりもだいぶ夫婦らしい関係にはなってきたが。

とはいえ政略結婚である以上、彼女の意思を無視しているのは事実だ。内心は子どもなど産まずに仕事だけに注力したいと考えているかもしれない。

……やっぱりあなたは今でも、離婚したいと思っているんですか？

仮に俺が『愛している』と告げたなら、彼女はその気持ちに応えようとしてくれるだろう。

だがそこに意思はなく、家業を盾に取られて身動きが取れなくなっただけ。

気持ちを打ち明けるだけなら簡単だが、それは彼女にとってあまりに残酷だ。

それから約一カ月後。彼女から妊娠を告げられた。

笑顔で報告してくれた彼女。俺の子を身ごもってくれた、そんな喜びが湧き上がるとともに、自分に祝福する資格があるのかと葛藤する。

あれだけ気をつけていたのに、一時の感情に流されて避妊を怠ってしまった。

俺はこの上なく幸せだし、彼女も喜んでくれてはいるようだが、これで本当によかったのだろうか。彼女を苦境に立たせただけなのでは——そんな罪悪感に胸が痛む。そしてなにより。

……もう彼女を抱けないのか。

人知れず息を吐き出し、頭を抱える。

妊娠中のデリケートな体に過剰な刺激を与えてはいけない。もう彼女を抱けない。弱い部分をつついていじめたり、イヤイヤしながらはにかむ、あのかわいらしい表情を見ることもかなわない。

この事実が地味に精神を抉《えぐ》ってくる。同時に、そんなことで落ち込んでいる自分がとても情けない。

とはいえ、時間は巻き戻せないし、お腹の子を過ちと呼ぶつもりもない。

彼女は人生をかけて、俺の子を身ごもり、育てようとしてくれている。

ならば俺は、彼女とその子のために生涯を捧げよう。

妻と子を全力で愛して守り抜く。たとえそこに愛がなかったとしてもかまわない。見返りはすでに、充分にもらっているのだから。

男として、夫として。必ずふたりを幸せにする、そう強く決意した。

＊＊＊

二月も下旬に差しかかり、新たな問題が浮上した。

愛のない一時的な夫婦とはいえ、パートナーの誕生日くらいは把握している。二月二十三日。それが綾世くんの誕生日だ。

……さすがに夫へプレゼントを用意しないってわけにはいかないよね。

ちなみに直前にあったバレンタインは、仙國家のシェフにチョコレートケーキを作ってもらい、ふたりでおいしくいただいて終了した。

私からはなにもしていない。下手にチョコレートをあげて気を使わせてはいけないと思ったのだ。そういう文化、綾世くんは苦手そうだし。

とはいえ、誕生日くらいはちゃんとしないとダメな気がする……。

彼に欲しいものなんてある？　必要なものはすべて自分で揃えてしまっているだろう。質の悪いものをあげてもかえって迷惑になる。

お金で買えるものをあげるという発想自体がナンセンスなのかもしれない。

お金で買えないものというと――手編みのマフラー？　手料理？　デートで思い出

作り？

ダメだ、私のキャラじゃない。プレゼントしている姿が想像できないし、喜んでくれるとも思えない……！

うだうだ悩み続け、気がつけば誕生日まであと四日と迫っていた。

夜、綾世くんを寝室で待ちながら、ベッドに半身を埋めて頭を抱える。

しばらくしてやってきた彼に、さりげなく当日の予定を聞いてみた。

「綾世くん。今週の金曜日って、予定があったりする？」

運よくその日は祝日。会社は休みのはずだ。ただワーカーホリックな彼がその日も仕事である可能性は充分にある。

綾世くんは「金曜ですか。その日は――」と言いかけて、ハッとしたように言葉を止める。

「――いえ。とくには」

明らかに気を遣わせてしまったリアクションに、しまったと思った。

おそらく仕事だったのだろう。でも、私が誕生日になにかしようとしているのを悟り、言葉を止めた。

……こういうの、嫌いだって言ってたよね。

『夫婦の時間やデートなど、そういったものを期待されても困るんです』――彼の言葉を思い出し、まさにこれだと苦い顔をする。

綾世くんは優しいから、忙しくても無理をして予定を空けてくれる。

そういう〝約束〟が精神的負担になるのだろう。本人もそれをわかっているから、結婚前に警告するような真似をしたんだ。

妻としてなんの取り柄もないこんな私だからこそ、せめて彼の重荷にだけはなりたくない。

「大丈夫！　新居についてちょっと相談したかっただけだから、別の日でも全然平気。っていうか金曜は私、仕事だし！」

そう言ってごまかして、強引に話題を終わらせる。

しかし彼は違和感を覚えたようで、ベッドに潜り込みながらこちらを覗き込んだ。

「なんだか浮かない顔をしていますが……なにか気がかりでもあるのでは？」

「ううん、大丈夫。なんの問題もない」

まさかあなたへの誕生日プレゼントで思い悩んでいますとは言えず、作り笑いを浮かべてごまかす。

彼はやや腑に落ちない表情で、私のお腹に触れた。

「なにかあったらちゃんと相談してくださいね。あなただけの体じゃないんですから」

胸がきゅっと痛んで「大丈夫、ありがとう」とだけ返してベッドに横たわった。妻の存在を面倒に思っていても非情になりきれないのかもしれない。こういうところ、やっぱり彼は優しすぎる。

赤ちゃんを身ごもり、無事に妊活を終了させた私たちに、もう体の関係はない。それでも彼は「別々に寝よう」とは言ってこない。夫婦の寝室にやってきて、条件反射のように腕を差し出し、枕を作ってくれる。

これ以上、一緒に眠る必要などないのに。妊娠中の私を気遣ってくれているのだろう。彼の無理を知りながら突っぱねられない私も私で、甘えがあるのかもしれない。

だめだなあ……私。

そんな罪悪感を抱きながらも、彼の温もりに包まれて安眠してしまうなんて、救いようがなさすぎる。

日程が合わない時点で手料理を振る舞う案は没だ。夕食を準備しようにも、いつ帰宅するかがわからないので計画が立てづらい。

じゃあ手料理は手料理でも、夕食ではなくお菓子ならどうだろう。ラッピングして渡せば、時間が空いたときにいつでも食べられる。食べちゃえば終わりだし、後腐れがなくて親切かもしれない。

問題は私にお菓子作りのスキルがまったくないこと。勉強と仕事ばかりで料理を避けて生きてきた自分が恨めしい。

こうなったら料理長に監督をお願いしてみようかな。キッチンを使わせてもらわなければならないので、事前に許可を取っておく必要もあるし。

誕生日にお菓子だなんて、発想が子どもっぽいわよね。良家の妻らしくないって思われたらどうしよう。

不安に駆られながらも、その日の夜、厨房にいる料理長に話を通しに行った。

料理長は六十歳のベテランシェフ。フランスで十年間お料理を学んだあと、日本のシティホテルで料理長を務め、フランス料理だけでなく和食や中華など様々な知識を身につけたという。

華々しい経歴をお持ちだが、ご病気で一度前線を退き、療養を終え復帰する際に仙國家の料理人として雇われたそうだ。

彼は満面の笑みで私のプレゼント計画に賛同してくれた。

「奥様自ら腕を振るい、心のこもった手作りスイーツをお作りになるとは。素晴らしい！　綾世様も大変喜ぶと思いますよ」

そうよね、料理を生業にする人だもん。手料理をプレゼントしたいと言って嫌な顔をするはずがなかった。

料理長に肯定してもらえたおかげで、なんだか自信が湧いてきた。

「なにかお作りになりたいものはありますか？」

「それが、お菓子の知識があまりなくて、なにがいいのか悩んでいるところで……」

「でしたら、綾世様のお好きな塩みの効いたクッキーなどはいかがでしょう？　甘いものよりしょっぱいものの方がお好きなようですから」

そう言えば、以前一緒にラテを飲んだとき、お砂糖は入れてなかったっけ。『甘いのはあまり好きじゃないんです』と口にしていた。

……あれ？　だとしたら料理長はどうしてバレンタインの日にチョコレートケーキを作ったのだろう。

冷蔵庫の料理長特製常備ゼリーも、食後のデザートも、休日のおやつもみんな甘いけれど。

「先日、ホールのチョコレートケーキを作ってくださいましたよね？　あれって……」

「あれは綾世様から『梓奥様が喜ぶような甘いチョコレート菓子を』とオーダーされましたので」

「じゃあ、私がいつも帰宅後にこっそり食べてるあのゼリーは」

「あれも綾世様の発案で。梓奥様が夜、小腹が減ったと感じたときに食べられるものがあったらいいだろうと」

いつの間にそんなオーダーをしていたのか。

もしかして私が気づいていないだけで、綾世くんはすごく気を遣ってくれている？

これは日々のお礼を伝える意味でも、ちゃんとプレゼントしなければ。

「ではその、塩みの効いたクッキーの作り方を教えてください」

「もちろんでございます。レシピは……そうですね……チーズとハーブを練り込んで黒コショウのスパイスを効かせた、おつまみ感覚のクッキーはいかがでしょう。ワインにもよく合います」

「ぜひそれでお願いします！」

なんだかおいしそうだ。私も味見してみたい……！

明日は水曜、仕事はお休みだ。私のおやつの時間に合わせてクッキーを焼かせてもらうことになった。

想定外だったのは、料理長の指導がとんでもなくスパルタだったこと。

本場フランスで十年も修業して、高級シティホテルの料理長まで勤めていたのだ。料理へのこだわりが並大抵じゃないことくらい、同じ仕事人である私ならわかるはずだったのに。

『分量は正確に！　お菓子作りの基本は計量です』

『はい』

『生地をべたべた触らない！　体温でバターが溶けてしまいます』

『はい！』

『もっと手早く！　温度の変化や空気の含有量でも仕上がりの形や触感が変わってしまうんですよ』

『はいィィ！』

生地をまとめながら後悔する。どうしてお菓子作りなんてアウェイな分野を選んじゃったんだろう。綾世くんに「なにか欲しいものはある？」って素直に聞いて、お金で片づければ済んだ話じゃないの？

もう今となってはあとの祭りだけれど。

――とまあ、とにもかくにもしごかれて、精神的にヘトヘトになりながら、戦いのようなクッキー作りが完了した。

「味見されますか？」

そう言って料理長はノンカフェインの紅茶とともに、私が焼いたクッキーとご自身が焼いたクッキーを持ってきてくれる。

私のクッキーはぺしゃっと潰れていて、料理長が作ったものと比べると明らかに貧相だ。

「……こっちを主人に渡しちゃダメでしょうか？」

「ダメです。ちゃんと奥様が作った方を渡してください」

やっぱりズルは許されなかった……。だが料理長は、クッキーを作っているときとは打って変わって穏やかな表情で微笑む。

「ですが、味はよいと思います」

そう勧められ、クッキーをひと口かじる。バジルの豊かな香りの中にチーズの塩味と香ばしさが加わってとてもおいしい。これなら充分合格点だろう。

「よかった、人にあげられる味になってる！」

「ええ、もちろんです。綾世様も喜んでくださると思いますよ」

「本当にありがとうございました！」

料理長にお礼を伝えたあと、クッキーを箱に包み、リボンでとめた。

いつの間にか、この小箱を渡すのが楽しみになってきている自分がいる。彼はどんなリアクションをくれるだろうか。

私を妻に選んでくれたのも、仕事を応援してくれているのも、少なからず感謝している。私の夫になった人が綾世くんで本当によかった。

満面の笑みでありがとう――はクールな彼に限ってないとは思うけど、多少は感謝が伝わるといいな。

プレゼントの小箱を眺めて渡す瞬間に想いを巡らせる。まるでバレンタインデー前日の女子学生みたい。テンションがおかしくなっちゃっているのかも。

アラサーがなに言ってるんだかと火照った顔をパタパタ扇いで、クッキーの箱を自室のテーブルに置く。

明後日の誕生日当日は仕事だ。午後からは由里亜さんと新築物件について二回目の打ち合わせもある。気合いを入れなくては。

いつも通り仕事に行って、帰宅してからプレゼントを渡そう、そう段取りを整えて今日も寝室に向かった。

誕生日当日。身支度を整え部屋を出ると、ちょうど綾世くんも部屋から出てきたところだった。彼もこのあと外出する予定なのか、すでにスーツを着ている。

しかし、対面した瞬間、違和感を覚える。スーツはいつものスリーピースではなく、漆黒の上下。ネクタイまで真っ黒だ。これってもしかして——。

「なにか法事でもあるの？」

尋ねると、彼は「ああ」と自身の服装を見下ろした。

「故人に会いに。今日は親友の命日なんです」

衝撃で頭が真っ白になる。亜紀さんの命日って、今日だったの……？

じゃあ、今日の予定は仕事なんかじゃなくて、亜紀さんのお墓参りに？

「誕生日が……親友の命日？」

思わず口にすると、彼は驚いた顔で目を瞬いた。

「ああ……誕生日か。そうだった。すっかり忘れていました」

困ったように苦笑して、額に手を当てる。

その悲しそうな微笑みに、胸がじくじくと痛みだし虚しさに襲われた。

彼にとって今日は、『誕生日』ではなく『愛する人を亡くした人生で一番つらい日』だったんだ。

「……ごめん」

お祝いなんてしている場合じゃなかった。彼は今、耐えがたい苦しみを抱えているのだから。

勝手に張り切って浮かれて、クッキーなんて焼いて。偉そうに彼のパートナーを名乗ろうとしていた自分が恥ずかしくて目を逸らす。

彼の心は今も亜紀さんのところにある。私とは『夫婦ごっこ』だって、釘を刺されていたのに。

幼い命が宿るお腹を押さえて、きゅっと唇をかみしめる。私は彼の子どもを産むだけの仮初めの妻にすぎないと思い知らされた。

「こちらこそすみません。辛気臭い顔をして。誕生日、覚えていてくれてありがとうございました」

申し訳なさそうに笑う彼が痛々しくて直視できない。

私は顔を伏せたまま「会社に行ってきます」と弱弱しく呟いて、その場から逃げるように立ち去った。

「……梓さん？」

引きとめるような声が聞こえたけれど、足を止めなかった。涙が出そうになるのをこらえて、急いで屋敷を出る。

彼がプレゼントをもらいたかったのは、私じゃない。なぜだか泣きたくなる気持ちをぎゅっと胸に押し込める。

失恋なんて、これまで山ほどしてきたじゃない。今さら、夫が私を見てくれなかったからってなに？　最初から全部了承した上での政略結婚だ。

それなのになぜか悲しくて、自分が情けなくて、涙が出る。

大丈夫。私には仕事がある。全部忘れて没頭しよう。

何度も大きく深呼吸をして、雑念を振り払い会社に向かった。

第六章　契約違反～ひと晩中、愛していると囁いて～

土日祝日は本当に忙しい。会社員のお客様が多いから、彼らのお休みに合わせて打ち合わせの予定を立てると、どうしても日程が重なってしまうのだ。

打ち合わせスペースも展示場もお客様でいっぱい。一日中予定が詰まっている。

おかげで余計なことを考えずに済みそうだ。今日が忙しい日で本当によかった。

十三時。由里亜さんと約一カ月ぶりの打ち合わせ。

セカンドハウスの３Ｄシミュレーターを見せると、彼女は「素敵だわ！」と手を打ち合わせて喜んでくれた。

「とってもラグジュアリーね！　まるでホテルのスイートルームみたい。これ全部、梓さんが考えてくれたの？」

「私の案をベースに、制作チームに依頼して――」

「つまり、梓さんなのよね？　やっぱりあなたはこのお仕事が向いているわ！　これからも続けるべきよ」

「ありがとうございます……」

褒められても素直に喜べないのは、その謝辞の裏に打算があるかもしれないと警戒しているからだろう。

由里亜さんは私と綾世くんが離婚するのを望んでいる。でも、私は――。

深く考えそうになったところで、慌てて頭を仕事モードに切り替えた。

「では、次の打ち合わせは来月に。ご相談した方向性で細かく詰めていきたいと思います。契約についてはそのときに」

打ち合わせは今のところ順調だ。次回の約束をして、お見送りをする。

「今日はお忙しいところをわざわざお越しいただき、ありがとうございました。大変なときにお呼び立てしてしまって申し訳ありません」

しかし、彼女は不思議そうな顔で「なんのこと？」と首を傾げる。

「……その、今日は亜紀さんの命日だと伺いまして」

「ああ。そうだったわね。法事は先週末に済ませてしまったから大丈夫よ」

彼女が笑顔で答える。

もう実の妹の死を乗り越えたのだろうか。綾世くんはまだあんなにも苦しんでいるというのに――。

……いや、これが故人を弔い終えた人の、真っ当な反応なのかもしれない。

きっと由里亜さんは、妹の死を受け入れ、すでに気持ちを整理し終えたのだろう。

反対に、いまだ悲しい顔をしたままの綾世くんにとって、亜紀さんはそれだけ大切な存在だったと言える。

そんな彼を思うと、しくしくと胸が痛んだ。


由里亜さんをお見送りしたあとのこと。

絶対契約を取らなければと意気込んでいた営業の畠中さんも、ようやくひと安心したよう。

「順調に契約まで漕ぎつけそうですね。引き続きよろしくお願いしますよ、斉城さん」

「はい、こちらこそよろしくお願いします」

オフィスに戻る畠中さんを見送りながら、ひとつ気がかりなことを考えていた。

妊娠について、まだ会社に伝えていない。綾世くんと相談して、もう少し安定した週数になってから公にすると決めたのだ。

今、妊娠の事実を知るのは、私たち夫婦と身の回りの世話をしてくれている使用人だけ。

でも順調にいけば来月には周囲に報告できるだろう。時期を見て由里亜さんにも、綾世くんとの間に子どもができたと伝えなくちゃならない。

半年後には産休に入るので、彼女のセカンドハウスについても引き継ぎの相談をしなくては。基本的な設計は私が担当するけれど、最終調整はおそらく東雲課長にお願いすることになるだろう。

だが先のことを考える前に、まず目の前にある仕事に集中だ。

三組のお客様との打ち合わせが終わり、十九時。

ここからはデスクワークの始まりだ。黙々と設計のチェック作業に没頭し、気がつけば二十時半。妙に仕事がはかどりデスクから離れがたい。

……というのは口実で、帰りたくないというのが本音。屋敷に戻っても綾世くんの顔を直視できそうにない。

きっと今日一日、彼の頭の中には最愛の女性がいるのだろうから。

なんとなく会いたくないな……。

かといって妊婦が遅くまで仕事をしていたら屋敷のみんなが心配する。せめて連絡は入れなくては。

私は使用人に【仕事の関係で遅くなるので、会社の近くのホテルに泊まります】と連絡した。以前も一度使った手だから怪しまれないだろう。

雑念を振り払い、さらに仕事に没頭して、いつの間にか二十二時。

ようやくオフィスビルを出ると、路肩に留まっていた高級車が、こちらに気づけと言わんばかりにクラクションを鳴らした。

見覚えのある車だ。嫌な予感を覚え目を凝らすと、運転席から出てきたのは――。

「綾世くん！　どうして……」

心臓がぎゅっと縮こまる。困惑から体が凍りついたように動かなくなった。

「梓さん。お疲れ様です」

綾世くんは淡々とした表情でゆっくりとこちらに近づいてくる。

すでに喪服は着替え、私服を着ている。表情からどことなく緊張感が漂っているように見えるのだが……怒ってる？

「お疲れ様。もしかして、わざわざ迎えに来てくれたの？　ごめんね、ホテルに泊まるって連絡したはずなんだけど、伝わってなかったかな？」

わざと明るく答えると、彼は珍しくポーカーフェイスを崩し、苦悩の顔をした。

「どうして突然ホテルに泊まるなんて言い出すんです？　この時間なら、泊まる必要もないでしょう。俺や使用人を迎えによこせばいい」

「本当はもっと遅くなるはずだったんだよ。偶然早く終わっただけで」

「梓さん」

綾世くんが一歩、二歩と距離を詰めてくる。険しい表情のまま、私の目の前で立ち止まった。

すごく思い詰めた顔。妊婦なのに忙しそうにしていたから体を心配している？　それとも外泊に不満が？

とにかくもの言いたそうな彼の気を荒立てないように取り繕う。

「そうだよね。妊婦が遅くまで働いてたら、普通心配するよね。ごめんね？」

「そういうことではなくて」

綾世くんが眉間に皺を寄せ、ぴしゃりと言い放つ。

「梓さん、なにか隠しているでしょう？　朝、様子がおかしかったですし、突然帰らないと言い出すし。なにがあったんです？」

「ええと……」

言いあぐねていると、こちらの顔色をうかがうかのように彼が覗き込んできた。

「……やはり妊娠したくありませんでしたか？」

「は？」

思ってもみない話を切り出され、大きく目を見開く。

「もし俺が出産してすぐにその子を引き取ると言ったら……今すぐに離婚してもかまわないと言ったら、あなたの心は楽になりますか？」

「ちょ、ちょっと待って！　突然なにを言い出すの？」

確かに離婚したいとは伝えてあるし、子どもは将来的に彼の跡取りにすると約束したけれど、今ここでそんな提案をしなくてもいいのに。

なにをそんなに心配しているの……？

「私は母親として責任を持って育てるって言ったはずだよ」

「じゃあなぜこんなことを？　出産が嫌じゃないなら、なにが嫌なんです？」

彼らしくない切羽詰まった表情だ。今日が亜紀さんの命日でナーバスなのはわかるけど、それだけとは思えなかった。

「いったいどうしちゃったの、綾世くん？」

動揺したまま尋ねると、彼はさらに距離を詰め、私の肩に顔を埋めた。

彼の体がわずかに震えていると気づき、さらに思考が追いつかなくなる。咄嗟に彼の背中に手を回して抱き支えた。

「綾世くん、大丈夫？」

「……自分の誕生日なんて、しばらく忘れていました。でも、あなたが思い出させてくれたんじゃないですか」

まるで泣き出す直前の子どものような弱った声。いつも冷静で大人な彼がこんな声を出すなんて、本当にどうかしているとしか思えない。

「もしかして、誕生日に私が帰ってこないから……拗ねてる？」

「拗ねてなんていません。ただあなたの態度がおかしいのでもやもやして。こんな気持ちで待たされるなんて、たまったものじゃない！」

それを拗ねていると言うのでは？

でも——。

「綾世くんだって」

拗ねたいのは私の方だ。綾世くんは亡くなった女性をずっと想い続けていて、私を見ようともしないじゃない。

彼の妻になっても、この身に命を宿しても、彼の心に私の入る隙間はない。

その現実が、どうしようもなく胸を締めつける。

「ずるいよ。隠しているのはそっちじゃない……」

「え……？」

彼が顔を上げて不思議そうにこちらを見つめてくる。その純粋な瞳を見ていたら、苛立ちが込み上げてきた。

「ずっと心の中に亜紀さんがいるんでしょう？　だからこれまで誰とも恋愛してこなかったんじゃないの？」

八つ当たりだってことはよくわかってる。こんな子どもじみた嫉妬を彼にぶつけたくない。なのに、感情が溢れてきて止まらない。

「綾世くんが結婚したかったのは、亜紀さんなんでしょう？」

思いのたけをぶちまけると、彼は大きく目を見開いて固まった。

「……梓さん。なにか誤解していませんか？」

「鈍感な私でも綾世くんを見てたらわかるよ。今でもずっと愛してるんだって」

彼の傷ついたような表情を見て、今さらしまったと後悔した。亡くなった女性に嫉妬するなんてお門違いだし、デリカシーがなさすぎだ。

「ごめん。深入りするつもりじゃなかったのに……」

その場から逃げ出そうと背中を向けたとき。綾世くんが私の腕を掴んだ。

「待って、梓さん！」

慌てたように引きとめ、私の正面に回り込んでくる。

真剣な目がこちらを見つめているのがわかって、余計にいたたまれなくなり顔を背ける。

「離して！」

突き放そうとすると、今度は両腕を掴まれた。鋭い眼差しで私を見つめ、はっきりと言い放つ。

「亜紀は友人です。そもそも彼は男ですし、結婚なんて考えるわけがない」

「…………は？」

予想外のひと言に、全身から力が抜けた。彼に両腕を掴まれたまま、ぽかんと口を開けて固まる。

亜紀さんが男？　嘘でしょう？

そういえば綾世くんも由里亜さんも、亜紀さんが女性だとはひと言も言ってない。

「それとも、俺が男しか愛せない人間だとでも思っています？」

「……え。や、違。ちょっと待って」

一旦整理しよう。なぜ私は亜紀さんが女性だと思い込んだのか。

脳裏をよぎったのは、あの黒塗りにされた女子生徒の写真。ハッとして彼を問い詰める。

「じゃあ、書斎にあったあの写真は？　黒く塗りつぶされた女の子が亜紀さんなんじゃないの⁉」

「あれは――」

綾世くんがものすごく言いづらそうに目を伏せた。

やがて彼が語った真実は、私をさらに驚愕させ、混沌へと引きずり落とした。

綾世くんの車で屋敷に戻り、そのまま書斎へ直行した。

彼が例の写真を取り出し、私に見せてくれる。そこには確かに、上半身を黒く塗りつぶされた女の子がいて――。

「これは俺です」

「…………」

嘘でしょう？

顔は見えないが、下半身はまぎれもなく女の子だ。スカートを穿いているし、足は細いし、なんなら腰のあたりから長い黒髪が見えている。

「文化祭のクラスの出し物で女装喫茶をやったんです。ジャンケンで負けて俺たちがメイドになって」

この女子生徒たち、みんな男の子なの？　確かに言われてみると、左脇にいる女の子の肩が少々ゴツイ。

「俺は女装が嫌で嫌で。一生の汚点だと思っています。なのに亜紀のやつ、おもしろがって写真まで残して。もう二度と見たくなかったので、自身を黒く塗りつぶしました」

忌々《いまいま》しそうに彼が吐き捨てる。

心底、やりたくなかったんだなあ……。

プライドの高い綾世くんが女装なんて、嫌がる姿が容易に想像できる。

「それでもちゃんとやり切ったのは偉いね」

私が頭をいいこいいこすると、彼は唇を尖らせながらも「ジャンケンの結果にごねるわけにもいきませんから」と聞き分けのいいことを言った。

そういうところ、真面目なんだよなあ。

「それで、この写真を見られるのをあんなに嫌がったの？」

「当然でしょう。おふざけとはいえ、妻に女装姿など見せたいと思いますか!?」

拍子抜けして、かくんと肩が落ちた。そうならそうで早く言ってくれればよかったのに。この写真のせいで、私はどれだけ気を揉んだか。

「ちなみに、右にいるのが亜紀です」

そう言って綾世くんが指した女子生徒――もとい、女装男子生徒は、綾世くんに負けず劣らず綺麗な顔をしていた。

どことなく顔立ちが由里亜さんに似ている。

「塗りつぶすほど嫌な写真なのに、捨てなかったんだ?」

「亜紀も写っていますから。いつかこれでバカにしてやろうと思っていたんですけど」

ふっと吐息を漏らし、寂しげな顔をする。

「亜紀が亡くなったらそれはそれで、捨てられなくなってしまって」

言葉に詰まる。無理やり女装させられた嫌な記憶でも、今となっては亜紀さんと過ごした大切な思い出なのかもしれない。

「これで誤解は解けましたか?」

「……はい。すみませんでした……」

恥ずかしさをかみしめながら頭を下げる。全部私の勘違いで、綾世くんに非などまったくなかった。大騒ぎした自分が情けない。

「それで。先ほど、俺が亜紀を愛しているだの、どうこう言っていたのは、嫉妬だと思っていいんですよね？」

ぎくりとして身を強張らせる。否定したいけれど、言い訳が見つからない。

「あれは……深い意味はないの。全然忘れてくれていいから」

「絶対忘れません」

綾世くんが勝ち誇った顔でにこりと笑う。なんだか大変な弱みを握られてしまった気がして、全身から血の気が引いた。

「あ、綾世くんだって！　私が仕事から帰ってこないって、寂しそうな顔してたじゃない？」

不毛な言い争いを予感しつつ反論すると、返ってきたのは意外な言葉だ。

「ええ。寂しかったです」

「は……？」

一瞬、からかわれているのかと思ってしまった。

しかし、綾世くんは至極真面目な顔をして、私の手を取り持ち上げると、そのまま唇まで持っていき、手の甲にキスをした。

唇を触れさせたまま、彼がもの言いたげな目でじっとこちらを見つめてくる。

射貫くような眼差しに、体が動かせなくなった。

「あなたがとうとう俺から逃げ出したくなったんじゃないかと心配していたんです」

「そんなんじゃないよ。ちゃんと跡取りを産むって約束したし」

「約束がなければ、あなたは俺の前から消えるんですか？」

「それは……」

どう答えるのが正解なのだろう。唇がぱかぱかと意味もなく開閉する。

困惑していると、彼が指先を握り込んできた。

意識が手に集中する。その隙に、いつの間にか背中に彼の手が回り込んできていて、気づけば抱きしめられていた。

驚いて顔を上げると、そこにあるのは真摯な表情。

「全部、懺悔《ざんげ》しますね。あなたを妊娠させないように、ずっと小細工をしていました」

「……は？」

突然の懺悔とやらに頭が真っ白になる。小細工？　なにをどうやって？

「あの。それはどういう……？」

「中に出してしまわないように、いろいろと。あなたはことが終わるとすぐにうとうとしだすので、その隙に」

ぽかんと口を開けたまま硬直する。驚きすぎて声も出ない。

小細工されていると気づかなかったのも驚きだが、なぜ彼はそんなことを？　跡取りが欲しかったんじゃなかったの？

疑問に答えるかのように彼が口を開く。

「できることならもう少しだけ、仕事に集中させてあげたかった。妊娠しては、なかなかそうはいかないでしょうから」

「はあ……………。お気遣いありがとうございます」

「というのは言い訳で」

「は？」

思わず素っ頓狂な声が漏れる。目を丸くする私を見て、彼は申し訳なさそうに視線を逸らした。

「あなたを手放したくなかった。妊娠したらこの関係が終わってしまう。毎日顔を合わせることも、ベッドをともにすることもなくなる――そう考えると耐えられなくて」

彼が私の後頭部に手を回し、自身の方へ引き寄せる。

「契約違反だとはわかっています。ですが、俺はあなたの夫でありたい」

私を抱き支える逞しい腕が、まるで怯えるかのように震えていた。

その言葉を絞り出すのに、どれだけ勇気が必要だったか、私にはわかる。

私も同じ気持ちを抱えたまま、踏み出せずにいたから。

「愛してくれなくていい。俺の経済力を利用してくれてかまわない。その代わり、どうかそばにいてください。仲のいい夫婦の振りをしていてくれませんか」

ぎゅっと震えを押し込めて、私を抱きすくめる。

その力強さから、彼の本気が伝わってきた。

「……それはちょっと難しいな」

そうぽつりと漏らすと、腕の力が緩んだ。

立ち尽くす彼の脇腹を掴み、今度は私から胸もとに顔を埋めに行く。

「私はもう綾世くんのこと、結構……かなり……好きだから。夫婦の振りとかはちょっと無理だと思う」

彼の体がぴくりと反応した。

ゆっくりと顔をあげると、年相応の、不安げな眼差しをした彼がそこにいて。

かわいさに胸がきゅっとくすぐられる。

「振りじゃなければいいってことですか?」

「ああ、うん……まあ、そう。普通の夫婦になら、なりたいかも……」

照れながら伝えると、今度こそ腕に力がこもり、胸もとに押し込められた。

「梓さん。俺と夫婦になってください」

「もうなってるよ」

「そうじゃなくて」

じれったそうに声をあげ、腰を屈めて私を覗き込んでくる。

目の前にある顔に、もう迷いや不安は感じられなかった。彼らしい意志の強い目で、しっかりと私を見据える。

「生涯添い遂げるパートナーになってほしい」

今度こそ正真正銘のプロポーズなのだと感じた。利害の一致ではなく、心から私を選んでくれた。

ずっと一緒にいたい——彼も私と同じように思ってくれていたことが嬉しい。この気持ちは一方通行ではなかったんだ。

「……喜んで」

答えた瞬間、待っていたかのように唇を塞がれる。

口内を隙間なく愛でられ、息をする猶予すら与えられず、こんなにもたっぷりと愛されていたのだと自覚する。

「あ……だめ、綾世くん」

気持ちが盛り上がりすぎて、こらえられなくなりそう。お腹の赤ちゃんがびっくりしちゃう……！

躊躇いがちに目を逸らすと、彼が私の耳もとで熱い息を吐き出した。

「抱いたりしません。その代わり、ひと晩中あなたの耳もとで愛していると囁いてあげます」

人が変わったのかと疑うくらい甘みを帯びた声。赤く潤んだ、艶めいた眼差し。

全身を巡る血液が沸騰する。

……私は彼の変なスイッチを押してしまったのかもしれない。

この激情からは逃れられない——そんな嬉しい恐怖に、鼓動の高鳴りが止まらなくなった。

夫婦専用のリビングに移動してきた私たち。ソファに座って、ふたりきり——正確にはお腹の赤ちゃんも入れて三人だ——の時間を過ごしている。

彼は心を許した人には全力で甘える主義らしく、私を膝の間に座らせてうしろから抱きすくめ、じゃれついてきた。

私の手もとには、誕生日プレゼントにと作ったクッキーの箱がある。

「梓。あーん」

頭の上でそんなかわいい声を出し、口を開いておねだりする。

敬語をやめてとお願いしたのは私で、もっと甘えてと頼んだのも私。

……だけど、ここまで素直に甘えてくれるなんて、ちょっと予想外だった。

「こういうのは、自分のペースで食べた方がいいよ？」

「俺に甘えられて困る梓が見たいんだ」

あー……根本は変わってないみたいだ。Sッ気が倍増している。

「じゃあ困らない。あーん」

照れを捨てて彼の口もとにクッキーを持っていくと、指先ごと食べられてしまった。

彼の舌の感触が人差し指の先から伝わってくる。わざと舐めて私を困らせようとしているのがみえみえだ。

負けじと踏ん張っていると「本当に負けず嫌いだな」と笑われてしまった。

結局どんなリアクションをしても遊ばれるだけなのだと悟り、あきらめる。

「クッキー、すごくおいしいよ」

「でしょう？　料理長に教わったレシピだから」

「でも、作ったのは梓なんだろう？　仕事も料理もなんでもできるんだな」

「あ……いや……ううん、そんなこと、ない……」

本当はクッキーなんて作ったの、学校の調理実習以来だ。料理もまったくできないわけではないけれど、自ら進んではしたくないレベル。

料理下手がバレないように、こっそり練習しておこうと心に決める。料理長に弟子入りしてこようかな。

「俺のために作ってくれたのがなにより嬉しいよ。手作りのクッキーなんてもらったの、初めてだ」

「これまでもたくさんもらったんじゃないの？　絶対モテてたでしょ」

「よく知らない女性からのプレゼントは、受け取らなかったからわからない。梓が初めてだ」

その整った顔で初めてなんて連呼されると、ドキドキしてしまう。

彼はわかってやっているのか、いないのか。わざとだとしたら相当なあざとさだし、天然だとしたらそれはそれでずるい。

「また来年も作ってほしい。梓のクッキー」

「……考えとく」

そっけなく返事すると、胸もとに腕を回されてきゅっと抱きすくめられた。まるでビッグサイズのワンちゃんにじゃれつかれているかのよう。

振り向くと、甘い笑みを浮かべた彼と目が合う。

……どっちかっていうとワンちゃんじゃなくて、オオカミかもしれない。

「ねえ梓。新しく建てる家、間取りを少し変えられる？」

不意に彼が切り出した。

建築計画は順調に進んでいて、図面もほぼ完成している。すでに綾世くんも確認済みで、問題はなにもなかったはずだが――。

「もちろん。なにか要望があるなら言って？」

「俺用のリビングとか個室とか、やたら部屋数が多いだろう。それらをなくして、家族で過ごせる大きな空間を作った方がいいと思う」

彼の提案に胸が温かくなる。家庭内別居も可能な、個人の空間に重きを置いた家を設計したのだが、もう別々に暮らすことを前提にしなくていいんだ。

「うん。賛成」

個室を減らす分、家族みんなが集まれる大きなリビングを作ればいい。

「寝室も夫婦一緒でいい」

「夫婦の寝室と、個人の寝室を両方作ろう。もしかしたら、ひとりで寝たい日もあるかもしれないし」

「ないよ。この半年だってなかったんだから」

「これまでは一線を引いてたからでしょ？　距離が近づく分、喧嘩《けんか》もたくさんするようになるかもしれないし」

「喧嘩をしたらなおさら一緒に寝よう。きっと怒りも吹き飛ぶ」

そう言って私のこめかみにちゅっと口づける。

意外にも綾世くんは、好きな人と片時も離れたくないタイプだろうか。妻にかまう暇がないと言っていたのが嘘のようだ。

なんだかかわいくて、笑みが漏れた。

「……私も少し、変更したいところがある」

「なに？」

「子ども部屋を大きくしたいかな。人数に合わせて将来的に部屋を分けられるよう、改築しやすい設計にしとくのも手かも」

当初はひとり産めば充分だと思っていたけれど、この調子ならふたり、三人と欲しくなってしまいそう。

「賛成だ」

彼は眩しそうに目を細め、私のお腹を優しく撫でた。

お日様がたくさん差し込む大きな窓のあるリビングで、私と綾世くんと子どもたちと——そんな生活を思い描いて、心が温かくなった。


翌日、私は仕事の合間を縫ってオフィスビルの外に出た。周囲に誰もいないのを確認し、プライベートの電話をかける。

相手は由里亜さんである。他人に聞かれたくない話になるのは間違いなかった。

「仙國梓です。今日は個人的にお話しさせていただきたくお電話しました」

『ふたりきりでお話しするのは久しぶりね。もしかして以前提案したお話について、考えてくれたの？』

受話口から彼女のゆったりとした声が聞こえてくる。彼女のペースに呑み込まれそうになるのをぐっとこらえ、自らを奮い立たせた。

「はい。はっきりとお返事できず、申し訳ありませんでした」

心は決まっていたはずなのに口にできなかったのは、負い目があったからだ。

私より由里亜さんの方が綾世くんに相応しいかもしれないと。でも——。

「私は、離婚するつもりはありません。綾世さんを愛していますから」

綾世くんが私を選んでくれたのだ。もう迷わない。

はっきり答えると、受話口の向こうの温度がすっと下がるのを感じた。

『本当にそれでいいの？　会社に勤めているからには、仕事と育児の両立がいかに難しいかはご存じよね？』

脅しのような声色にごくりと息を呑む。

「もちろんです」

『綾世はあなたにとって、人生を棒に振る価値のある存在なの？』

彼女の言葉にハッとさせられる。

これまでの私なら、そういう考え方をしていたのかもしれない。でも今は違う。

「仕事も、愛する人も、家庭も、すべて手に入れたいと思っています。なにかひとつが欠けても、ダメなんです」

そう思えたのは、彼を愛せたおかげだ。

ふたりで人生を歩みたい。胸を張って彼の隣を歩けるような素敵な女性になりたい。

愛の結晶を産み育てたい。そんなたくさんの願望が生まれたから。

仕事しかなかったあの頃とは違う。今の私にとって、仕事は人生を充実させる手段のひとつでしかない。

そのためにほかをあきらめるのは違う気がする。

「綾世さんは私に必要な人なんです」

そう告げると彼女は『そう』とあきらめたように息を吐いた。

『あれも欲しい、これも欲しいだなんて、強欲だと思わない？　そんなに同時に手に入るのかしら？』

いっそう冷えた声色に、背筋がぞくりと寒くなる。

初めて会った日に睨まれたあの瞬間のように、ようやく彼女の心の奥底が見えた気がした。

彼女は、こんな私が綾世くんの隣にいるのが許せないのかもしれない。

『なにかを得ればなにかを失う。それがこの世の摂理よ。男を選ぶなら仕事を失う覚悟をしないと』

不穏な未来を予見するかのように囁いて、通話が切れた。

彼女の残した言葉が引っかかる。なにも起きなければいいのだけれど。

どことなく気味の悪い気持ちを抱えたまま、私は仕事に戻った。

それから一カ月が経ち、妊娠十二週を過ぎた。

まだ安定期とまではいかないが、とくに注意が必要な時期は過ぎ、お腹も順調に大きくなってきた。

この日、上司にアポイントを取り、会議室に呼び出した。

相手は私がロールモデルとして尊敬してきた東雲課長。仕事も育児も完璧にこなすパーフェクトレディだ。

パリッとしたブランドもののスーツを着ていてメイクも華やか。見た目は私とそう変わらないのに、実年齢は十以上年上で、中学生のお子さんがいるとは驚きだ。

会議室を訪れた彼女に妊娠を報告すると「おめでとう。そろそろかと思ってた」とそれほど驚く様子もなく、純粋に祝福してくれた。

「産休と育休をいただきたいと思っています。育休後についてなのですが……」

そう前置きして、私が考えた今後の働き方について相談する。

「……しばらく育児優先で、時短勤務をさせてもらいたいと思っています。勝手なお願いで大変心苦しいのですが」

育児はシッターに任せて全力で仕事をする、そう心に決めていたけれど、実際に赤ちゃんを身ごもってみると考え方が変わってきた。

今しかないこの時間を大事にしたい。全力で愛情を注ぎたい。だって私と綾世くんの赤ちゃんだもの。

仕事への意欲がなくなったわけじゃないけれど、今優先すべきはそれじゃなくていい気がした。

仕事も育児も全力でこなして成功を収めた東雲課長に、そんな甘えたお願いをするのは心苦しいけれど……。

そう思い顔色をうかがうと、彼女はカラッとした表情で親指を立てた。

「うん。いいんじゃない？」

あまりにもあっさりと承諾され拍子抜けする。本心かな？　とつい疑ってしまうのは私の悪い癖だ。

「これまでよくしていただいたのに、申し訳ありません」

「どうして？　辞めるわけじゃないんでしょう？」

「それはもちろん！　ですが、キャリアダウンにはなるかなと……」

「大袈裟よ。斉城さんのキャリアって、あと三十年くらいはあるじゃない？　そのうちの数年、ペースを落としたところでなにか変わると思う？」

そう言われてみると、確かにその通りで。

東雲課長は腕を組み、天井を仰ぎながら吐露した。

「私は比較的仕事優先の生き方をしてきたけれど、後悔がないわけじゃないのよ？　もっと子どもといる時間を大事にすればよかったって思うこともある」

「そうなんですか……？」

初めて聞く本音に驚かされる。外から見ているだけでは伝わらない葛藤があるのかもしれない。

「だからって、子どもといる時間を優先していたら、今度は『もっと働けたかも』って後悔していたかもしれない。どっちに転ぶかなんてわからないじゃない」

あっけらかんと言い切った彼女に、私はぎゅっと唇を引き結ぶ。

きっと彼女は、正解なんてないって言いたいんだ。

「自分の選択に自信を持ちなさい。誰になにを言われても気にしなくていい。誰かの真似をする必要もない。今の自分の気持ちを大事にして。未来なんて誰にもわかりっこないんだから」

「……はい」

アドバイスを心に刻み込む。東雲課長と同じにならなくていい。私は私の道を歩んでいけばいいんだ。

「うちの部門に係長が時短勤務をするって前例はないけど、これから斉城さんが提案していくつもりでやってみて」

「わかりました」

「私とは違った働き方の見本になればいいわね」

会議室を出ていく東雲課長の背中を見守りながら、胸に手を当てて深呼吸する。

まずは思うがままにやってみよう。正解などないのだから。

仕事も育児も愛する人も全部を手に入れるのは、きっと不可能ではないはずだ。

まるで前人未踏の難プロジェクトに挑戦しているようで、わくわくした。


しかしそれから数日後、事件が起きた。

順調に打ち合わせを重ねていたはずの由里亜さんからクレームが届いたのだ。

私を名指しして『対応が悪い』、『設計がずさん』、『金額に対してクオリティが低すぎる』などさんざんな指摘を受けた。

「いったいどういうことです？　打ち合わせではあんなに満足そうにしていたのに、急に態度を変えるなんてなにがあったのか」

打ち合わせ中はにこにこしていたため、なにに対して不満を持っていたのか見当がつかず、畠中さんも頭を抱えている。

「私にもさっぱり……」

そう答えながらも、思い当たる節がないわけではない。

『男を選ぶなら仕事を失う覚悟をしないと』――彼女の言葉を思い起こす。そんな理由でクレームをつけられたとするなら冗談じゃない。

……いや、決めつけるのはよくない。もしかしたら私に落ち度があったのかもしれないし。逆にこれまで不満を抱えていたのにずっと我慢していたというなら、きちんと向き合って解決しなければ。

「すでに着工に向けて走り始めていますからね。会社としては契約金を全額返金しておしまいというわけにはいきません」

「それについて、叶野さんはなんて?」

「うちの不備だから、全額保証して返金しろと。裁判も辞さないと言っています。さらに厄介なのは――」

額に手を当てて、畠中さんが深く息をつく。

「叶野さんご本人ではなく、そのお父様名義でクレームが来ているんです。なんと世界的に有名なあの叶野貿易の経営者だそうですよ!?　会社としても失礼な対応はまずいと問題になってまして……」

打ち合わせでは一度も名前があがらなかったお父様が、今になってなぜ口を挟んできたのか。不可解すぎる。

「そもそも裁判とまで言っている人が返金だけで許してくれるのかも疑問ですし。ああ、まずいなあ～……。どうしてこんなことになっちゃったんだろう……」

叶野さんの契約破棄問題は、部門全体を巻き込んだ大事件に発展し、私と畠中さんは本部長に呼び出され説明を求められた。

とはいえクレームの内容は事実かと聞かれても、否定するほかない。記憶を掘り起こしても怒らせたきっかけが思い当たらないのだ。

タイミングの悪いことに、私の妊娠にまで言及され、このまま責任を取って降格すべきではないかという議論になった。

東雲課長は私を守ろうと精一杯尽力してくれているけれど、現状打つ手なしだ。

腑に落ちないまま、時間だけが過ぎていった。

＊＊＊

梓が仕事より育児を優先したいと言い出したとき、正直耳を疑った。

「本当にそれでいいのか？　無理をしていない？」

彼女はソファに座り、お腹に手を当てて愛おしげな顔をする。

「仕事だけじゃなくて、育児も大事にしたいと思うようになったの。それから綾世くんと一緒にいる時間も」

思いもよらない言葉に胸が熱くなる。

俺やこれから生まれてくる子は、彼女の中で仕事と同じくらいの——いや、それ以上の価値を持ち始めているのかもしれない。

「それにね、課長も応援してくれたんだ。今後活躍する女性たちのためにも、仕事と育児を両立させる新しい働き方を提案してほしいって」

「それは責任重大だな」

目をキラキラさせながら語る彼女を見て、頬が緩む。契約結婚を迫り、妊娠させ、自由を奪ってしまったのではないかと心配していたのだが。

よかった。彼女は今を楽しんでくれている。

彼女の笑顔を見ていると、まるで自身の罪が許されたかのようで、心が軽くなった。

「梓だけじゃない、俺も同じだ。以前はあればあるだけ仕事をしていたのに、最近ではプライベートとのバランスを考えるようになった」

「仕事に余裕が出てきたんじゃない？　もう綾世くんも中堅って歳だし」

あっけらかんと笑う彼女だが――違うんだ。

これまで追い詰められるかのように仕事をしてきた。仕事しかなかった。それが今は、自分の人生をどう生きるかを考えるようになったのだ。

仕事以上に大切なものに気づけたのは、間違いなく彼女のおかげだ。

「俺は年上のパートナーが合っているのかもしれない」

今さらながらにそう思う。梓が尊敬できる女性でよかった。未熟な俺を包み込んでくれる、強くて芯のある女性に巡り会えたのは奇跡だ。

「綾世くん、甘えん坊なところ、あるもんね」

「梓は逞しいからな」

「ありがと」

「ベッドの中ではびっくりするほど初心だけどな」

そう言って隣に座り体を寄せると、彼女は途端に言い訳を始めた。

「だって、それはね？　年下の男の子にぐいぐい来られたら、誰だって挙動不審になるっていうか……いや、年上だったらいいとかじゃないんだけど……綾世くんがあまりにSッ気入った肉食だから」

空々しい言い訳に口もとが緩む。

ああ、抱けないのが口惜しい。今がデリケートな時期じゃなければ、即ベッドへ連行するところなのに。

「ベッドに入った瞬間、ウサギになる誰かさんがいけないんだ」

彼女の髪を撫で、キスだけで我慢する。

目の前においしそうなウサギがいるのに食べられないなんて、気がおかしくなりそうだ。自制心を試されている気がする。


そうして仕事も育児も意欲的にしていた彼女だったが、ある日を境に物憂げな表情をするようになった。

「梓。こっちに来て」

作り笑顔でだんまりを決めていた彼女だが、今日こそは事情を聞き出そうとソファに呼び寄せる。

「最近、どうかした？　具合が悪い？」

「ううん、そういうんじゃないの。ちょっと仕事で」

彼女はそう深くため息をつくと、隠し通すのも難しいと観念したのか、おずおずと切り出した。

「実は新居の設計に携われるか、怪しくなってきちゃって」

「どういうことだ？　梓自身がクライアントなのに？」

「ほかの仕事でトラブルがあったの。責任問題に発展してて、今後金額の大きい契約は別の担当者に引き継ぐことになるかもしれない」

落胆して目を伏せる。一級建築士であり、それなりの役職に就く梓が、案件に携われなくなるほどのトラブルとはなんだろう。

「なにがあったか、聞いてもかまわない？」

彼女はしばらく言い淀んでいたが、やがてすべてを話してくれた。

叶野由里亜の父親からクレームがあがったこと。会社を巻き込んだ大問題に発展しかけていること。

「由里亜さんに直接連絡をして事情を聞いてみようと思ったんだけれど、繋がらなくて。なにが原因でクレームをつけられたかがわからない以上、謝罪のしようがないし」

彼女が困った顔で肩を落とす。

「俺の方から事情を聞いてみようか？」

「うん……でも、圧力をかけてほしいわけじゃないの。もしかしたら本当に、私が気に障るなにかをしたのかもしれないし。今後のためにも原因はちゃんと知りたい」

そう語った彼女の目は、後悔よりも前を向いていて、やはり強いなと思わされた。

「私だけじゃなくて、ほかの担当者も降格させられそうになってる。私に原因があるのなら、ちゃんと言ってほしい」

「わかった。俺から尋ねてみるよ」

穏やかにそう答えながらも、嫌な予感がしていた。

まさかくだらない嫌がらせに、梓やポピーホームズはもちろん、父親やその会社を巻き込んではいないだろうな……？

翌日、俺は叶野由里亜に電話をかけた。

『綾世、久しぶり！　あなたから連絡をくれるなんて嬉しいわぁ』

相変わらず底抜けに明るいが、敵とみなした人物にはとことん容赦がないとよく知っている。

亜紀もよく『姉ちゃん、本当に怖いんだよ。キレると人が変わったみたいにさあ。

サイコパスかよ』と愚痴を漏らしていた。

「妻が仕事上で由里亜さんに失礼をしたと聞きました。なにがあったかお話ししていただけませんか？」

尋ねるなり、彼女は『ああ、その件……』と鬱々と呟いた。

『なあに、梓さんに泣きつかれたの？　でも、綾世を煩わせるようなことじゃないわ。純粋に梓さんの設計プランがよくなかっただけ。彼女の実力不足よ。接客中もお高く止まっていて感じが悪いし。あんな女、さっさと別れちゃえばいいのに』

「実力不足というのは、具体的には？」

『それは……設計の質がとにかく悪くて』

「質、ですか。なにか比較対象が？　専門家に意見でも伺ったのでしょうか」

『……とにかく、綾世に迷惑をかけるつもりはないから大丈夫。その件については、こちらでなんとかするわ』

「でしたら、あなたのお父様に直接お伺いしましょう」

父親の名前を出して通話を切ろうとすると、彼女は間髪いれず『ちょっと待って』と固い声を発した。

『聞かれても父は困ってしまうわ。事情をよく知らないの』

「お父様の名前でクレームがあがっていると聞きましたが？　叶野貿易とポピーホームズ、企業同士のやり取りに発展していると」

『……連絡を取りやすいように父の名前を使わせてもらっただけよ。私の名前では意見なんて聞いてもらえないでしょう？』

「〝意見〟？　権力を使って意見を押し通すことを世間では〝脅し〟と呼ぶんですよ？」

静かに指摘すると、彼女は受話口の奥で押し黙った。

「父親の名を騙って過度な賠償をさせようとしているのでしたら大問題です。なおさら報告させていただく」

『……無駄よ。お父様は私の味方だもの』

「でしたら仙國家も叶野貿易との契約を打ち切ります」

その言葉に彼女は焦った様子で『なんですって』と金切り声をあげた。

『それこそ脅しじゃない！　どうして仙國家が出てくるのよ！』

「信頼の問題ですよ。善良な一企業に不当なクレームをあげて利益を得るような会社とは、今後安心して付き合えない」

彼女が父親の名前を使って好き放題しているというのなら、叶野貿易の評判にもかかわる大事だ。危険因子を抱える企業とは早々に手を切る――経営者として至極真っ当な判断と言える。

「クレームに正当な根拠があるなら教えてください」

問い詰めると彼女は『わかったわよ！　クレームを取り下げればいいんでしょう!?』とヒステリックに叫んだ。

「ただ取り下げれば済むと思っているんですか？　人の人生を台無しにしかけて？あなたにとっては軽い嫌がらせなのかもしれませんが、妻はもちろん、関係者まで責任を追及されている」

俺の声が余計に冷ややかになったことに気づいたのか、彼女は沈黙する。

「誠意ある謝罪をしてください。でなければ、俺はあなたの父親に責任を取らせます。それから――」

ひと呼吸置き、声を低くする。

「二度と妻に手を出すな。次は警告じゃ済まさない」

通話を切ろうとすると、遠くから『なんなのよ……』という、不満げな呟きが漏れ聞こえてきた。

『……どうしてあんな女がいいって言うのよ。私との縁談の方が、よっぽどメリットがあったはずなのに。見た目だって、家柄だって、年齢だってなにもかも私の方が条件がよかったじゃない。しかも十年以上も付き合いのある、親友の姉なのよ……？』

それが梓に嫌がらせをした理由なのだろう。

自分が得ていたかもしれない地位を梓に奪われた——完全なる被害妄想だ。梓に負けたと認めるのは、良家の令嬢としてのプライドが許さなかったのかもしれない。

「長い付き合いだからこそ、あなたをよく知っているんです」

これまで数々の縁談を断ってきたのには、それぞれ理由がある。もちろん彼女についてもだ。

「……由里亜さん。先日、兄が帰ってきました」

『は？』

「兄が仙國家の当主になるでしょう。それでも由里亜さんは俺との結婚を望みますか？」

『っ…………』

受話口の奥で押し黙る彼女。五秒たっぷりと考えてもらったあと、切り出した。

「梓は、俺についていくと即答してくれました」

彼女はハッとしたようで『私を試したの!?』と悲鳴じみた声を漏らす。

「俺の肩書きしか見ていないあなたと、俺自身を見てくれる梓と。どちらを選ぶかは明白でしょう」

そう告げて通話を切る。

あの日、結婚相手に彼女を選んだ俺の決断は正しかった。

まだまだ子どもだった俺に彼女は、愛する女性の夫となる誇りや、家庭を持つ喜び、子どもを授かる幸せを教えてくれた。

だからこそ全力で期待に応え、大切な家族を守り抜きたいと思える。

知識も経験も度胸も、すべてを手に入れてここまで来たつもりだったが。男として欠けていた大切なピースを、彼女のおかげでようやく埋められた気がした。

「綾世さん。都市開発本部が少々まずいことになっているみたいですよ」

商業施設部の本部長からそう世間話を持ちかけられたのは、兄が都市開発本部の特別事業部長に着任して約三カ月が経ったときだった。

「無茶苦茶な承認が下りているらしく、こちらにもしわ寄せがくるんじゃないかって社員たちは恐々としています。ほら、うちとあちらは連携して動いている事業も多いですから」

噂だけは聞いていて、兄はほかの部長たちの意見を押さえつけ勝手をやらかしているらしい。

堅実な事業にゴーサインを出さず、儲け話はないのかと焚きつける。反対に金額の大きな事業をたいして検討もせず推し進めるなど。

彼の博打好きがよく出ているが、ここは企業だ。それでは困る。

「正直に言っていただけて助かります」

密告する人間は経営一族だ。バレれば自分も降格されかねない。

それでもあえて口にしたのは、自分たちの部署にも火の粉が降りかかりかねないからだろう。このままでは部下たちを守れないと判断したのだ。

「あなたに実のお兄さんの相談をするのも、失礼な話かなとは思ったんですけどね」

「実際、あの人をどうにかできるのは俺や会長くらいのものですから」

「綾世さんの人柄には助けられています。さすがに図太い私でも、社長や会長に直接進言するのははばかられますから」

「そのために私がいるんです。気づくことがあれば、なんでも言ってください」

笑顔で本部長を見送ったあと、「さて」と息をついて考えを巡らせた。無意識のうちに眼差しが鋭くなる。

周囲から見ても目に余るほど兄は酷い働き方をしているらしい。祖父の望み通りしばらく泳がせていたが、このままでは深刻な損害が出かねない。
なんとかしなければ——そう決意を固めた。

四月下旬、両親が梓の懐妊祝いのために日本に戻ってくるという。

父はひと足先に帰国して、国内での仕事を片づけるそうだ。兄の暴走について相談するため、俺は到着して間もない父を呼び出した。

場所は都内の高級懐石料理店。仕事終わり、会長や兄には気取られないよう車を出してもらい店へ向かう。

店の奥にある個室に通されると、すでに父は日本酒を呷り、小鉢を摘まんでいた。

「うまい。やっぱり日本の酒はうまいなあ」

しばらくシンガポールにいたから日本食に飢えているのだろう。

とはいえ、彼が暮らしていたのは富裕層の生活圏。料理もおいしいし、本格的な日本食レストランもあったはずだ。

懐かしいと思うのは、もはや気持ちの問題だ。

「相談があると言ったじゃありませんか。先にできあがらないでくださいよ」

「なあにこれくらい。エンジンだよ」

酒に強い家系だ、早々酔いつぶれはしないと思うが、時差とおいしい日本酒の歓迎で加減を間違わないとは言い切れない。

つぶれる前に話題を切り出すことにした。

「父さん。兄について聞いていますか」

「ああ。心を入れ替えて働いているんだって？　親父が随分喜んでいたなあ」

祖父づてに聞いていたようだが、だとすれば好意的にしか伝わっていないだろう。

ゼロから説明するつもりで、切り出そうとした、そのとき。

仲居がやってきて、「お待ち合わせのお客様がお見えになりました」と襖を開けた。

男がふてぶてしい態度で上がり込んでくる。なぜ彼がここにいるのかと、危うく舌打ちをするところだった。

「なんて顔だよ、綾世。せっかくお兄ちゃんが来たっていうのに」

ラフにスーツを着こなした兄、祐世が俺の隣にどっかりと座る。

「……父さんが声をかけたんですか？」

「ああ。ようやく息子たちが後を継いでくれる気になったんだ。めでたいだろう？」

酒を手に取り上機嫌で、俺たちの手もとにある酒器に酌をする。

相談するタイミングを逃し、心中で毒づいた。あらかじめ兄を警戒すべきだと父に伝えていればよかったのだが。俺の手落ちだ。

「それで？　祐世も、俺たちに報告があるんだって？」

「そうそう。でかい契約を取り付けてきたから喜んでくれよ。綾世よりずっと優秀だぜ、俺は」

そう言って手持ちのブランドバッグから【関係者外秘】と書かれた書類の束を二部取り出す。そんな機密情報山盛りの物騒な資料を物理的に持ち歩くなよと呆れながら、手渡された書類を眺めた。

どうやら大規模不動産開発のプランと契約書のようだが——。

「なあ綾世。勝負のこと、覚えているか？　どっちが業績を上げられるかって話。お前が俺のポジションにいたときは、こんな黒字出せなかったよなあ？」

記載されている契約金額は確かに稀に見る高額だ。ここまでの規模の案件は、数年にひとつあるかないかというレベル。

「勝負を受けるとはひと言も言わなかったが——」

俺は書類をテーブルに置く。落胆から肩がすとんと落ちた。

「その勝負、受けたことにしてもらっていい」

「つまり、降参って意味だよなあ？」

勝ち誇った顔で酒を呷る兄。しかし俺は声を低くして書類を突き返した。

「想像以上に兄さんが愚かだったって話だ」

「あ？」

意味がわからなかったのか、兄が眉をひそめる。

その一方で、父は書類をパラパラとめくり、一区切りついたところで顔を上げた。

「祐世。お前に教育係として、秘書を一名つけておいただろう。彼はこの案件について、なんて言ったんだ？」

「あー？　あいつはダメすぎて俺が解雇した。ひとつプロジェクトを動かすだけで、調査だの吟味だののちんたらしやがって、あんなやり方してたら何年かかるかわかりゃしない。あれじゃチャンスが逃げちまう」

「即断しなければチャンスを逃すと、契約先企業から焚きつけられたのか？」

父の言葉に違和感を覚えたのか、兄は眉をひそめる。

「秘書の助言は正しい。この規模の案件は、スタートまでに十年はかけて下準備を整えるものだからなあ。私たち上層部の承認も必要だ」

「それがまどろっこしい手続き抜きにして、三カ月足らずでスタートできたんだ。御の字だろう！」

楽観的な兄に痺れを切らした俺が深く息をつく。

「まだ父さんの言いたいことがわからないのか。着手すべきじゃなかったって言ってるんだ」

兄がこめかみを引きつらせながらテーブルに酒を置く。父はすべて読み終えたのか書類を閉じ、自身の酒器に酒を注ぎ始めた。

「都心にアクセス良好な郊外の都市開発——本来ならうちが主体でもっと大規模な計画を実現できたはずなんだが。安値で買いたたかれた挙げ句、利権を全部持っていかれた。お前が委託契約を交わした相手は、ライバル企業の傘下にある会社だよ。まんまと乗せられたな」

ようやく俺や父の言っている意味がわかったのか、兄の顔が曇る。

父は呑気に酒を口に運んでいるが、言葉は酷くシビアだった。

「黒字に見えるか？　本来ではもっと高値で、長期的な収益を見込めるはずだった案件だ。私からすれば大赤字だよ。仙國不動産の名折れだ」

こと、と酒器を置く音だけが部屋に響く。

ようやく状況を理解した兄は「くっ……」と悔しそうに喉の奥を鳴らし、俺と父を交互に睨んだ。

「祐世。今後について選ばせてやる。己の行いを悔い改め、一社員から始めるか、ここを出ていくか」

「ふざけるな！　お前ら、寄ってたかって俺をバカにしやがって！　長期的だァ!?　大事なのは今目の前にある金だろうが！」

「経営者は一時の金に目がくらまない。常に十年、二十年先を見ているものだ。お前はなにもわかっていない」

父の言葉を受けて兄は憤慨し、ダン！　とテーブルに拳を叩きつける。ぎりっと歯がみし、毒づいた。

「てめえらが俺に嫌がらせをするってじいさんに言いつけてやるよ！　覚悟しておけ」

「会長にはすでに話をつけてある。これ以上孫を甘やかさないでほしいと頼んだ」

――つまり、父は最初からこの件に片をつけるつもりでここに兄を呼んだのだ。

兄は唇をわなわなと震わせながら、乱暴に立ち上がった。

勢いよく日本酒を呷り酔いが回ったのか、よろけてテーブルに脚をぶつける。ガシャン！　と激しい音が鳴り響き、酒器が倒れた。

「俺のやり方を理解できないこんなちんけな会社、こっちから願い下げだ！」

兄はそう息まいて部屋を出ていく。

父はテーブルにこぼれた酒を手ぬぐいで拭きながら、深いため息をついた。

「親父が祐世に経営を学ばせたいと言うから、わざわざ俺の右腕を帰国させて教育係としてつけてやったんだがな。勝手に解雇しようとしたと聞いて、こりゃあダメだと思った。あいつは昔から地道に努力して積み上げるのがとにかく苦手だ。たいして練習もしていないのにホームランを打とうと大振りする。だから三振続きなんだ」

すぐさま仲居がやってきて、荒れたテーブルの上を片づけ、新しい日本酒と摘まみを持ってくる。

父は俺の前に置かれた酒器に、新しい酒を注いでくれた。

「ああ、もちろん、帰国の理由はお前と梓さんの懐妊祝いだぞ。おめでとう」

「……ありがとうございます」

最大の懸念が消え、これで心置きなく仕事にも家庭にも注力できそうだ。勧められた酒を思いきり飲み干しながら、安堵の息をついた。

第七章　あなたでよかった～正しいパートナーの選び方～

四月の下旬、綾世くんのご両親が屋敷に戻ってきた。

完全な帰国ではなく一時的な休暇で、二、三週間したらシンガポールに戻るという。

しばらくは同居生活——といっても、私も綾世くんも仕事で帰宅が遅く、ご両親とはすれ違いの生活を送っている。

私が帰宅する十九時半に、すでにおふたりは夕食を終えていて、綾世くんが帰宅する二十二時には就寝してしまうのだ。

定休日になり、ようやくお義母様と顔を向き合わせて昼食の席に着いた。

ちなみにこの日、お義父様はお仕事へ。休暇中も職場へ顔を出すあたり、綾世くんと似ている。

あるいは経営者とはそういうものなのだろうか。仕事場がもうひとつの家と感じるくらい愛着が湧くのかもしれない。

「梓さん、あらためて妊娠おめでとう。つわりは大丈夫？　お食事はできてる？」

お義母様は御年六十歳、のんびりとした優雅な女性だ。まさに良家の妻といった貫禄がある。

「ありがとうございます。幸いにもつわりはなくて、お食事も毎日しっかりいただいております」

そう笑顔で答えると、お義母様は「そんなにかしこまらなくていいのよ」と上品に笑った。

今日のランチは広東《カントン》料理のようだ。テーブルの上には様々な種類の点心が並んでいて、中央にはガチョウのローストがドンと置かれている。

「綾世とは仲良くやれてる？　あの子、仕事ばかりでしょう？　梓さんを退屈させていないか、心配だわ」

お義母様が小籠包《しょうろんぽう》をレンゲですくいながら尋ねてくる。

「とんでもない。仕事熱心な綾世さんが誇らしいです。私も働いている身ですし、お互い集中できてちょうどよいのだと思います」

「だといいのだけれど……」

「私の方こそ、仕事ばかりですみません。仙國家の妻として役に立てていないと申しますか……」

思わずそう漏らすと、お義母様は「いいのよ」と穏やかに微笑んだ。

「正直に言うと、私たち夫婦にも思うところはあるんです。綾世は父親に似てお仕事ばかりしているし、梓さんは身重なのに一生懸命働いていて、とても心配だわ」

ぎくりとして、レンゲの上の小籠包を食べ損ねる。溢れ出た肉汁が唇に触れてしまい、熱さにびくりと肩を跳ね上げた。

そんな私を見て、彼女は優しげに微笑む。

「でもね、私たちとあなたたちでは時代も価値観も違うから、昔の常識で測っちゃいけないわねって主人と話していたんです」

おふたりの間でそんな話し合いがあっただなんて。私たち夫婦のためにいろいろと考えてくれていたのだと知る。

「あなた方はあなた方できちんと話し合って最善を選択しているのよね。私たちができるのは応援くらいのものだわ。あれやこれや古い考えを押しつけては、時代は進みませんもの」

価値観は人それぞれ、不満を抱えていないわけではないだろう。

それでもあえて口出しせず、見守ろうとしてくれている。お母様は私たちの決断を信じてくれているのだ。

「お心遣い、ありがとうございます」

自分とは違う考え方も認め受け入れる、そういったおふたりの考え方が、息子である綾世くんの根底にあるのかもしれない。

「さあ、どんどん召し上がって！　妊婦はたくさん食べなくちゃ」

「はい！　いただきます！」

今の私にできることはモリモリ食べて栄養をつけること。そして、元気な子を産むことだ。遠慮なくお食事をいただいた。

その日の夜。帰宅した綾世くんに、今日一日のことを報告した。

「でね、飲茶《ヤムチャ》を食べたあと、車で日本橋《にほんばし》に行って、お義母様御用達《ごようたし》の呉服屋さんでお着物を見て――」

話を聞いていた綾世くんが額を押さえ、苦虫をかみ潰したような顔をする。

「母のワガママに付き合わせてすまない」

「ううん、すごく楽しかった。呉服屋さんなんて初めてだったし」

成人式のときにお世話になった着物屋と、今日足を運んだ老舗呉服屋とでは格が違った。お義母様はＶＩＰ扱いで、次から次へと高級反物が出てきて見ているだけで楽しかった。

「母は普段、呉服屋を家に呼ぶんだけどな。わざわざ足を運ぶなんて珍しい」

「綾世くんとのウインドウショッピングデートの話をしたら、私もしたいって」

「なるほどな」

納得しながらも、複雑な顔で首をふるふる横に振っている。

「だが、妊娠中に着物なんて大丈夫なのか？　お腹が苦しいんじゃ」

「締めるのはお腹の上だから大丈夫みたい。もっとお腹が大きくなってきたら、帯の位置を調節するといいらしくて――」

教わった着方を身振り手振りで伝える。お義母様も妊娠中は着物を着ていたそうだ。

普段から着物を着て生活しているだなんて、本当に良家のお嬢様だなあと遠い目になる。嫁がこんなんでごめんなさい。

「それにね。綾世くんの柔軟さがちょっとわかった」

「柔軟？　俺が？」

「私が好き勝手やっても、否定しないでくれるでしょ？」

綾世くんは何事も肯定から入る。働き方に関しても、買い物に付き合ってくれたときだって、私の考え方を尊重してくれた。

「ご両親の育て方がよかったんだなあって思ったの」

「親を褒められるのは悪い気分じゃないな。梓、ありがとう」

綾世くんの表情に照れたような笑みが浮かび、ひと安心する。

「まあ、兄について言えば、育て方に少々問題があったようだが」

彼の言葉で自由すぎるお兄さんの存在を思い出し、私はうっと唸る。

「祐世さんはあれからどう？」

「一時期うちの会社で働いていたけど、労働は性に合わなかったみたいで、最近は顔を見せなくなったよ。この屋敷にももう帰っては来ないだろう」

「労働が性に合わないってどういうことなの？　どうやって生きてるの？」

思わず尋ねてしまったけれど、綾世くんはどうでもよさそうに「さあな」と首を傾げた。

「捕まるような真似、してないといいんだが」

「……冗談、だよね？」

怖くて深くは聞けない。義兄とは理解しながらも、できることならあまり関わり合いになりたくないなあなんて思いながら目を伏せた。

畠中さんが巨大な箱を小脇に抱えて、喜びいっぱいでオフィスに飛び込んできたのは、五月上旬の出来事だった。

「叶野さんがクレームを取り下げてくれましたよ！　降格や罰則に関しては、一切なくなったそうです」

東雲課長も「やったじゃない！」と私の肩を叩く。

「結局クレームの原因はなんだったんでしょう？」

「勘違いだったみたいですよ。斉城さんに謝罪したいと、でっかい菓子折りが届きました」

畠中さんが箱を開けると、中には羊羹《ようかん》と最中《もなか》がぎっしり詰まっていた。

「これ、井高屋《いだかや》の高級羊羹じゃないですかあ！　一本三万円するやつ」

濱岡が歓声をあげて箱の中身を覗き込む。

「ええー!?　これ、そんなに高価なものなんですか？　……俺も迷惑被ったんですから、食べる権利ありますよね？」

畠中さんは羊羹を一本拝借し、営業部へ戻っていった。

設計部のみんなもざわざわしながら菓子折りの方へ集まってくる。

「三万円の羊羹、ひと口でいいから味見させて！」

「私もひと口お願いします～」

賑わうオフィス。滅多にお目にかかれない高級羊羹に、誰もがテンション上がりまくりだ。

「四本もあるので大丈夫ですよ。みんなで食べましょう」

周囲をなだめ、部署のみんなで試食。値段を知っているせいか、その辺に売っている羊羹よりもずっとおいしく感じる。

上品な甘さを堪能しながらも、結局一連の騒動はなんだったのだろうと私は首を捻った。本当にただの勘違いだろうか。

クレームを取り下げただけでなく菓子折りも届いたからには、私に非があったわけではないのだろう。

綾世くんが手を回してくれたのかな……そんな気もしている。

「妊娠中って、あんこは平気なんだっけ？」

以前、チョコレートや紅茶は控えた方がいいと話したせいか、濱岡が尋ねてくる。

「全然オーケー。最中ももらうね」

自分の分をしっかりとデスクに確保して、私は次の打ち合わせに向かった。

妊娠を会社に伝えてから、十九時以降は残業をしないよう心がけている。

体調管理の意味合いもあるが、周囲が心配するからだ。妊婦をバリバリ働かせる部署というのも印象が悪いし、次に妊娠した人が休みづらくなるのも問題である。

その日も十九時ちょうどに上がり、会社を出て駅に向かった。

この時間は通勤ラッシュが厳しく、電車もぎゅうぎゅうだ。お腹が膨らみ始めたせいか、仙國家の使用人たちは心配なようで「そろそろお車で通勤しては？」と勧めてくる。

……気遣いはありがたいけれど、まだ自力で通えそうだもの。

困難があるなら立ち向かいたくなる性質だ。負けず嫌いとも言う。

だからMって言われちゃうのよね。濱岡からも、綾世くんからも。

自分はそれでいいとしても、根性論を他人に押しつけないようにしなければ。全肯定の綾世くんを見習おう。

電車を乗り継いで屋敷の最寄り駅で降り、ぼんやりとそんなことを考えながら夜道を歩く。

賑やかな駅前通りを過ぎ、一歩裏手に入った閑静な住宅街。

もう少しで屋敷が見える、そんな場所で一台の車が背後からやってきて、進行方向の少し先で停車した。

あまりにも不自然な位置で停まったため、足を止めて警戒する。

綾世くんの車じゃない。使用人さんが迎えに来てくれた？　ううん、屋敷は目と鼻の先なのに、それは考えにくいだろう。

違和感を覚え、すぐさま携帯端末を取り出して身構えると。

「あー通報は勘弁。ちょっと話したいだけだって。とりあえずそれ、しまってくれない？」

そう声をあげながら助手席から降りてきたのは、綾世くんの兄、祐世さんだった。

むしろ一番通報したい人が来た。そう焦りを感じつつも、言われた通り端末をそっとポケットにしまう。変に逆らってまた力ずくで押さえられても困るからだ。

「オーケーオーケー。この前はからかって悪かったな。最後に謝っておこうかと思ってさ」

「最後？」

「オイシイ話を探してまた旅に出ようと思って。もうここに帰ってくるつもりもないからさ」

そう前置きしてこちらに近づいてくる。彼がそばに来る前に「わかりました」と手を前に突き出した。

「謝罪なら受け取りました。どうぞお元気で」

「そんなつれないこと言うなよ。酒の一杯でもどう？　おごるからさ」

「いえ……お酒は飲みませんので」

なんとなく妊婦と知られるのが怖くて、濁して断る。

しかし祐世さんは「ああ、そっかぁ」と思い出したように夜空を仰いだ。

「妊娠中だったっけ？　じゃあ、さぞ体に気をつけないとなあ――」

そう楽しげに口にしながら、素早い足取りで近づいてくる。

しまったと思ったときには、すでに肩に手を回されていた。

「じっとして言うこと聞いてくれよ？　コレ当てたら、中の赤ちゃん、痺れて心臓止まっちゃうかもしれないからさあ」

そう言って首筋に当てられたのは――スタンガン。

快く思われていないのは自覚してたけど、そこまでする？

激しい怒りを感じながらも、私は大人しく両手を上げて降参のポーズをした。赤ちゃんを人質にされては、こうするほかない。

「おおー、今日は随分大人しくしてくれるんだな。さすがは母親。子どもになにかあっちゃたまんねえもんなあ」

そう揚々と語りながら、私を車の方へ引きずっていく。

抵抗もできないまま、後部座席へ押し込まれた。逃げ場を塞ぐように彼が隣に乗り込む。

「オーケー。出しちゃっていいよ」

ふと運転席の方を見ると、スーツ姿の男性がハンドルを握っていた。五十代くらいだろうか、見たことのない顔で、険しく眉間に皺を寄せている。

「本当にいいんですか？　このまま行けば誘拐です。警察沙汰になりますよ」

「大丈夫、大丈夫。なにしたって、優しいじいさんが全部もみ消してくれるから。そっちこそ他人の心配してる場合じゃないだろ。おたくのお嬢さんが傷物になっちまうぞ？」

どうやら運転手もまた脅されているらしく、祐世さんをひと睨みしたあと、黙って車を走らせた。

私も睨みつけるが、祐世さんは気にする様子もない。

どこへ連れていかれるのだろう。スタンガンで脅されるくらいだから、無事に帰れるとは思えない。

妊娠さえしていなければ、無理やりにでも車を降りるのに……！

そう悔しさをかみしめていると、祐世さんは「そんなにびびるなよ」とにやついた。

「怪我させたりしないからさ。ちょーっと身柄を借りて、綾世を懲らしめてやるだけだって」

「……綾世くんがなにをしたって言うんです？」

「なにを？」

その瞬間、祐世さんの顔から表情が消えた。彼の狂気を感じ取り、ぞくりと背筋が冷える。

「全部だよ全部！　綾世は俺からすべてを奪って、コケにした！」

ドン！　と助手席のヘッドレストを叩く。あまりの剣幕《けんまく》に驚き、びくりと体が震え上がる。

「親父もだ！　あいつら、結託して俺を陥れやがった！　絶対に後悔させてやる！」

歯がみする祐世さんを見つめながら、本気だと悟る。綾世くんのことも、お義父様のことも、心の底から憎んでいるんだ。

ここ数カ月でなにがあったのかはわからないが、以前会ったときとは比べものにならないほどの激しい憎悪が伝わってくる。

綾世くんになにをしようと企んでいるのだろう。車に押し込められたとき以上の危機感を覚え、体が震え出す。

私と赤ちゃんが人質にされていたら、綾世くんは従わないわけにはいない。怖い。自分の体がどうこうされる以上に、赤ちゃんや綾世くんに危害を加えられるのが恐ろしい。

かといって、私がどんなに説得したって祐世さんは耳を貸さないだろう。そんな追い詰められた顔をしている。

——綾世くん……！

縋るような気持ちで彼の無事を祈る。

やがて都心にあるタワーマンションの地下でようやく車が停まった。

「降りろ。変な気は起こすなよ」

そう念を押し、私の腰にスタンガンを押しつける。私を車から降ろしながら、祐世さんは運転席の男性に指示を出した。

「もういいぞ。大人しく帰れ。このことは誰にも言うなよ。言ったら、お前の娘に報復するからな」

そう念を押し、車を送り出す。車が見えなくなったあと、地下エントランスからタワーマンションの内部へと入り、エレベーターに乗った。ガラス張りのエレベーターがどんどん上昇し、三十階で止まる。

部屋に入ると、中はモダンなインテリアでまとめられていた。

コレクションの趣味があるらしく、高級時計やメンズアクセサリーが部屋のあちこちに飾られていて、どこを見てもあくが強く少々悪趣味に感じられる。

「俺の家だよ。じいさんが買ってくれたんだ」

そう言って私をソファに座らせ、「変な気は起こすなよ。逃げられないからな」と再び念を押したあと、キッチンに向かった。

グラスにミネラルウォーターを入れて、片方は私に、もう片方は自身の口もとへ持っていく。彼自身はカウンターチェアに腰を預けた。

「で、あんたは綾世に恨みとかないの？　そろそろ旦那に不満が出てくる頃だろ？」

「ありません」

「つまんないなー。まあまだ新婚だって言うし、これからだな」

そう性格の悪いことを呟きながら、私の正面にあるソファに腰かける。

「綾世は子どもの頃からあんな感じで、いい子ちゃんでさ。頭がよくて才能があって、たいして勉強しなくてもいい点取って、いい学校に通えて……とにかく恵まれてたんだよな」

祐世さんが吐き捨てるように言う。皮肉なのだろうが、私にはいじけているように
しか聞こえない。

「どうして勉強しなくてもいい点が取れたって、わかるんですか？」

「塾に通ってもない、家庭教師もつけてない、そんな小学生が自主的に勉強なんてす
るわけないだろ」

グラスを乱暴に置きながら断言する。

——綾世くんのことだから、陰でこっそり勉強していただけじゃない？

彼はそういう人だ。人知れずコツコツと積み上げていく努力型。その苦労を他人に
決してひけらかしたりしないだろう。

「親父もコロッと篭絡《ろうらく》されちまって、やがて俺に興味を示さなくなった。そりゃあ出
来のいい子がかわいいよなあ」

「それで家を出たんですか？」

「ああ。あの家に俺の居場所はなかった」

「……居場所を作る努力はしたんです？」

尋ねた瞬間、彼はチッと舌打ちしてあからさまに不機嫌になった。

「努力もなにもねえよ！　才能だっつってんだろ！　さっきからわかったように文句

垂れやがって」

黙れとでもいうように、テーブルに拳を叩きつける。

なにをしでかすかわからない危険な人だ。しかし、対峙する恐怖はあれど、話を聞いているとやっぱりいじけているようにしか聞こえず、じわじわと腹が立ってくる。

「お義父様は、単純に綾世くんの努力を評価していただけでは？」

「あ？」

「あなたは自分と綾世くんの差を才能で片づけようとしているけど、言うだけの努力をしてきたんですか？」

言ったあとで、辛辣すぎただろうかと懸念がよぎったが、もう遅い。祐世さんが鬼のような形相でソファから立ち上がる。

「こんな状況だってのに、どこまでも生意気な女だな。命を握られてるって自覚がねえの？」

舌打ちとともに憎々しげに言い放つと、壁に備えつけられている収納扉を開き、中から大きな機材を取り出した。

——三脚と、カメラ？

嫌な予感を覚え、背筋を嫌悪感が駆け抜ける。

「……なに、する気？」

「綾世が一番苦しむこと」

にやあっといやらしい笑みを浮かべると、三脚を私に向けて立てた。

「おっと、動くなよ。暴れたら無事は保証しない。お腹の方の、な？」

三脚にカメラをセッティングすると、液晶ディスプレイとこちらを交互に見ながら角度を調整した。

「ちょーっとエッチな動画を撮らせてもらうだけだよ。結構高く売れるらしいんだ。綾世と親父に会社から追い出されて金がないんだよ」

――この男、最低だ。

対話でどうにかなると思っていた私が間違っていた。彼はもはや倫理観が欠落した犯罪者だ。

「綾世への最高の嫌がらせにもなる。一石二鳥だ」

「救いようのない人」

「なんとでも言えよ」

カメラをセッティングし録画ボタンを押すと、悪さをする気満々といった顔でこちらに近づいてきた。

「こんなことをしたら証拠が残る。必ず捕まるわ」

「ちゃんとモザイクかけるから大丈夫。それに、金のある人間はなにをしても罪にならないって知ってる？」

「罪にならない人なんていない。画像はごまかせても、私の記憶にモザイクはかけられない。私も綾世くんも、絶対にあなたを許さない」

「……それは殺してくれって言ってんのか？」

祐世さんが私の前に立ち塞がり、こちらに向かって手を伸ばしてくる。

本当に殺されるかもしれない、そう危険を感じ逃げ出そうとすると、すぐさま肩を掴まれた。

「ほら、大人しくしねえと、腹をぶん殴るぞ」

脅され、ソファの上に押し倒される。こんな男に屈したくはないけれど、力でこられたら勝ち目はない。抗おうにも、お腹の子を人質に取られては無茶もできない。相手は私の腹部に一発入れるだけで一矢報いることができるのだ。

私の上に覆いかぶさり、襟もとに手をかける。

もうダメかもしれない、そうあきらめかけたとき。

ブーッブーッという携帯端末のバイブ音が響いてきた。彼のポケットからだ。

「なんだよ、こんなときに」

彼が端末の画面を見て眉をひそめる。「お前は絶対に声を出すなよ」と念を押したあと、カメラの録画を停止して部屋の隅に移動した。

「じいさん、どうしたんだよ。送金はできたのか？」

端末を耳に当て通話を始める。相手はお義祖父様のようだ。

しかし返答は予期しないものだったらしく、すぐさま顔色が変わった。

「早まるなって……どういうことだ」

祐世さんが私の方をぎろりと睨む。こちらに駆け寄ってきて、「よこせ！」と私のジャケットのポケットに入っていた携帯端末を奪い取る。

画面の端で赤い丸が点滅していた。録音マークだ。

夜道で祐世さんに会い、携帯端末をしまえと指示された瞬間、私はサイドキーを五回連続で押した。

通報兼録音機能――サイドキーを連続五回以上押した場合に、五秒以内に解除コードを入力しなければ、自動録音が始まり通報される仕組みになっている。

これならば画面を操作しなくても通報が可能。ストーカー対策に使われる防犯アプリで、今後、祐世さんが私にちょっかいをかけてくるかもしれないと警戒した綾世くんが、万一のときのためにインストールしてくれたのだ。

なお、アプリをカスタマイズして、通報先を仙國家の警護チームに変更した。録音データはリアルタイムで警護チームに配信されている。

「いつの間に！」

祐世さんは荒々しく叫んで、私の携帯端末を床に叩きつけた。ガシャンという音とともに液晶がヒビ割れ、録音画面が消える。

「くそっ――じいさんが悪いんだぞ！　法を犯すくらいなら、いくらでも金をやるって言ってたじゃねえか！　それを出し渋りやがって」

そんな脅し方をしてお義祖父様からお金を送ってもらっていたんだ……。

しかし、お義祖父様の返答に、祐世さんは愕然《がくぜん》とした顔で受話口を耳に押しつける。

「会長を辞任するって……正気かよ。なんだよ身内の不始末の責任って。まるでこれから俺が捕まるみたいに――」

次の瞬間、がばっと顔を跳ね上げて、視線を部屋の入口に向けた。きょろきょろと辺りを見回し、自身を落ち着かせるように乾いた笑みを浮かべる。

「綾世が向かってるって……バカな！　セキュリティバリバリのタワマンだぞ！　入ってこられるわけ――」

そのとき。廊下の奥の方でガシャンという物音がした。

「……まさか、綾世にキーを渡したのか……？」

近づいてくる革靴の音。勢いよくリビングに飛び込んできたのは――。

「梓‼」

「綾世くん……！」

祐世さんが目を見開いたまま固まる。が、あまりの剣幕で迫ってくる綾世くんを見て、端末を耳に当てたまま一歩、二歩と後ずさった。

「ま、待て、綾世！　わかったから！　まだなんにもしてないって！」

「ふざけるな‼」

綾世くんが祐世さんの襟もとを掴み上げ、大きく手を振りかぶる。

咄嗟に私は「待って！」と綾世くんの背中に抱きついた。

「梓！　離れてろ！」

「ダメ！　殴るのはダメ！」

「殴らないと気が済まない！」

「綾世くんまで正しくないことしないで！」

私の言葉で我に返ったのか、綾世くんは腕を止め、握った拳をゆっくりと下ろした。

掴んでいた襟もとを突き放すように解放する。祐世さんはよろめいて背後のソファにへたり込んだ。

「絶対に許さない……！　警察に突き出して、罪を償わせる」

綾世くんは怒りが収まらないのか、殴りたそうに右手の拳を強く握りしめたままだ。

「俺はまだなにもしてないって！　お前の嫁も無事じゃねえか！」

「脅迫、監禁。梓だけじゃない、秘書まで脅して従わせていたな」

祐世さんは舌打ちする。綾世くんは「それから」と回り込んで、三脚の上に置かれたカメラに手を伸ばした。

「猥褻動画の撮影どうこうと言っていたな。未遂でも重罪だ。すべて録音済みで証拠も揃った」

「てめっ――このやろう!!」

逆上した祐世さんがカウンターからキッチンに手を伸ばし、果物ナイフを掴み取る。怒りで我を忘れているのか、銀色の切っ先を綾世くんに向けて、なりふり構わず飛びかかってきた。

「綾世くん、危ない!!」

咄嗟に庇おうと手を伸ばすも届かず、ナイフは彼の胸もとへ一直線に伸びる。

しかし、すんでのところで祐世さんの手首を掴み取った綾世くんが、勢いをいなすように体を傾け、相手のバランスを崩した。

そのまま前方へ転がして、腕を掴み馬乗りになる。祐世さんの肩のあたりからボキッという鈍い音が響いた。

「ぎゃあああああ！　肩、肩がぁぁぁぁ！　折れたぁぁ！」

暴れる祐世さんを地面に押さえつけながら、綾世くんはわざとらしく弁解する。

「すまない、兄さん。加減を間違えた。護身術を実際に使ったのは初めてだったから、つい」

本当に間違えただけかな？　目が据わってるんだけど。

そんな疑問をよぎらせつつも、私はバッグの中から仕事用の携帯端末を取り出した。

「えっと……救急車、呼ぶね？」

「いや、いい。それより警察を」

ドライな綾世くんに、祐世さんが背中を押さえつけられながらも頭を跳ね上げる。

「いや救急車呼べよこの野郎！　人の骨折りやがって！」

「大袈裟だな、関節が外れただけだ。俺なんて刺されかけたんだぞ。罪状に暴行罪も追加してやる」

横で始まった兄弟喧嘩に頭を抱えながら、警察に通報する。

五分程度ですぐさま警察と救急車が到着し、しばらくして仙國家の警備担当や、脅迫されていた運転手——祐世さんの元秘書の男性が駆けつけ、警察に事情を説明した。

綾世くんは祐世さんを刑事告訴するつもりがあると伝え、後日弁護士を通して録音データを提出する旨を約束した。


仙國不動産経営者一族の不祥事は、翌日の朝にはメディアで大々的に報道された。

脅迫、監禁、暴行罪。殺人未遂や不同意性交等未遂罪、撮影罪等については慎重に調べを進めていくと発表されている。なお、一連の犯罪と被害者である私との関連は、プライバシーを配慮して伏せられた。

すぐさま事態の責任を取って会長であるお義祖父様は辞任。お義父様は年俸を返納して社長職を退き、今後は海外支部の相談役を無償で引き受けるという。

綾世くんについては、自身が被害者でもあるため、同情の声が集まった。お義祖父様とお義父様が充分すぎるほど責任を取ったため、幸いにも批判が綾世くんにまで向かわなかった。

なにより、日頃から誠実な仕事ぶりをしていたおかげで、経営陣の後押しが強く、新社長への就任が決まった。

最初の一年は年俸を受け取らず、会社の発展のために誠心誠意尽くすという。

株主や取引先からの風当たりは強いようだが、ひとりひとりに丁寧に説明し、理解を得始めている。

綾世くんを置いて社長職を務められる人材がいなかったというのも大きい。

最終的には綾世くんの努力と人柄が勝利したと言える。


怒涛の一カ月が過ぎ去った。綾世くんは毎日夜遅くまで忙しく働いていて、私は出産に向けて着々と準備を進めている。

六月の頭には妊娠六カ月に。すでに安定期に突入し、お腹ははっきりと突き出し、もういつものパンツスーツは着られない。

その日、二十三時に帰ってきた綾世くんを私はリビングでお迎えした。

「今日もお疲れ様」

ソファに座る彼の背後に回り込み、肩をもみもみすると、「大丈夫だよ」と優しく手を握られた。

「梓も大変な時期なのに、ごめん。そばにいてやれなくて」

「全然。マイペースにやってるから大丈夫。綾世くんは私のことより自分を優先して。社長に就任したばかりで大変でしょう？」

「経緯が経緯だからな。みんなシビアな目で俺を見ている」

身内から犯罪者が出たのだ。後を継いだ綾世くんへの風当たりが強くなるのも致し方ないこと。

そう客観的に分析はできても、彼を思うと心配になってしまうのも確かだ。もう少し休みを取ってほしいし、気負いすぎずに頑張ってほしい。

とはいえ私がかけられる言葉はなくて、うしろから首筋にぎゅっと抱きつくと、彼は私の腕を抱き返した。

「この程度じゃ潰れない。最近は逆境に心躍るくらいだ。そう思えるようになったのは、梓と出会ってからかな」

ふと顔をこちらに向ける。その表情がいつも以上に逞しく、気高く、雄々しさに満ちていて、今までにはなかった上に立つ人間の風格を感じた。

「なんだか綾世くん、ちょっと大人になった気がする」

「え。……老けたって意味じゃないよな？」

「違う違う。立派な経営者になったって意味。苦難は人を成長させるからさ」

この逆境が綾世くんをさらなる高みへと押し上げてくれたのだろう。すると彼はくすくすと笑い始めた。

「完全に根性論だな。梓らしい」

うっと喉を鳴らして固まる。古い考え方だと自覚しているだけに、口にされるとつらい。

「べ、別に、苦労は買ってでもしろなんて言うつもりはないのよ？」

あわあわと弁解すると、綾世くんはさらりと「そういうの、嫌いじゃないけどな」と言ってのけた。

「自慢じゃないが、それなりに努力や苦労もしてきたつもりだから。これまでの生き方を肯定してもらっているみたいで、悪い気分じゃないよ」

そう言って私の頬を引き寄せ、唇に軽くキスを落とす。

思わずぽかんとしてしまったけれど、じわじわと笑みがこぼれてきた。

「価値観が合うって、こういうことを言うのかな」

「ん？」

「みんな考え方が違うし、それぞれの正義を持っているでしょう？　私と綾世くんだってそう。でも、根っこの部分が一緒だから、きっと理解し合えるんだろうね」

私と祐世さんだったら、間違いなく合わないと思う。自分と近い価値観を持つ綾世くんと出会い結婚できたのは、きっと奇跡だ。

「俺たちは似ているのかもしれない。そう感じたから、梓を選んだんだしな」

「私ね、最初は綾世くんのこと、生意気で性格の悪い人だなあって思ってたの。だって毎日ベッドの中でいじめるから」

「それが好きだったんだろう？　気持ちよさそうにしてたじゃないか。俺は毎日全力で奉仕してたつもりだったけど」

「奉仕ってアレが⁉」

思わず赤面してしまった。そりゃあ気持ちがよかったのは確かだけど、できることならもっとソフトな妊活をさせてもらいたかった。

「私をいじめるのが楽しかったって、素直に認めなさい！」

首に回した手に力を込めると、彼は「わかった、わかったから」と笑った。

「楽しかったよ。毎日毎日、梓の反応がかわいくて仕方がなかった」

やっぱり、と言いかけて、ふと疑問がよぎる。

「その『かわいい』って思ったのは、いつからだったの？」

「初めからだ。最初の夜にそう思った。それから俺はずっと、梓に想いを寄せていたよ」

それって、ここに来てすぐってこと？　私が彼に惹かれ始めるずっと前から、私を愛してくれていたのだろうか。

「初耳……」

「そうだな、初めて言った。……ごめん、毎日梓を抱いて俺だけ楽しんでいただなんて——」

「いいの。嫌だと思う日はなかったもの。それは綾世くんが、私を大事にしてくれたからだと思う」

もう一度、彼を背中からきゅっと抱きしめる。

彼の想いに、どうしてもっと早く気づけなかったのだろう。彼は人知れず苦しんでいたかもしれないのに。

「梓はやっぱり大人だよな。懐がでかい」

「三年の差なんてすぐに埋まるよ。同じ三十代になっちゃえば、気にならなくなるかも」

「梓に追いつくまで、あと二年か」

彼が私の腕の中でくつくつと笑みをこぼす。

ふと顔をこちらに向けた綾世くんは気が抜けたのか、上に立つ男から甘えん坊さんに逆戻りしていて、思わずプッと吹き出してしまった。

「かわいい綾世くんに戻っちゃった」

「かわいいなんて心外だ。すぐに追いつくからな」

綾世くんは立ち上がり、私の体をソファの上へと引き上げる。

大事なお腹に障りがないようにそっと私を抱きしめると、座面に寝転がり、艶っぽい目でじっとこちらを見つめた。

「本当に俺は、梓に助けられているんだ。パートナーがあなたでよかった」

「私の方こそ。綾世くんの妻になれて誇らしいよ」

どちらからともなく、そっと口づけを交わす。深く交わらせ、彼の胸もとに顔を埋める。

彼の香りがふうっと鼻孔を抜けていく。香水などの人工的な香りではなく、彼自身が放つ優しい香りだ。

少しだけ蜂蜜のような甘さがあって、それでいて清々《すがすが》しく、心地よい。体の相性だけでなく、香りの相性もいいのかもしれない。

「これからも俺を支えてほしい。いつか梓より大人になって、必ず幸せにするから」

「楽しみにしてる」

不満に思っていた縁談に、今では感謝しているくらいだ。最高の夫と出会い、大切な命を授かった。

ここまでは運命に身を任せてきたが、これから先は私と綾世くんが自らの意思で素敵な家庭を作りあげていくんだ。

三十一年生きてきて、ようやく自分の人生を掴めた気がした。


まだ結婚式を挙げていなかった私たち。とはいえ、会社が大変な状況で大々的な式を挙げるわけにもいかない。

せめて記録だけでも残そうと、ウエディングドレスを着てマタニティフォトを撮ろうと決めた。産休に入った九月の上旬。私のお腹が最大に大きくなったタイミングを狙って撮影に向かう。

場所は都心から離れた場所にある結婚式場。有名な建築家が手がけたというチャペルは、アンティーク調で荘厳《そうごん》だ。無数の窓にはステンドグラスがはめ込まれていて、差し込む光を虹色に染めて届けてくれる。

ウエディングドレスで記念撮影をしながら、体に負担がかからない程度の簡単な式を挙げる。ドレスはあえてお腹が目立つマーメイドライン。彼はシルバーのタキシードだ。

その後、色打掛にお色直しして、庭園の緑豊かなスポットでさらに撮影する予定だ。

「結婚式は、正直そこまで興味がなかったの」

「そもそも結婚に興味がなかった、の間違いじゃないのか？」

チャペルの祭壇に並んでフォトを撮りながら、私たちはくすくす笑い合う。

「でも写真は撮っておきたいなって。綾世くんのタキシード姿も見たかったし」

すると、なにかを思い出したのか、彼は「ああ」と意味深に呟いた。

「梓の場合は、いつまでもあの成人式の写真を使うわけにはいかないからな。そろそろアップデートしないと」

もしかして釣書の写真のこと？　恥ずかしさで顔が熱くなってきた。

「あんな写真でよく縁談を受けようと思ったよね。とんでもないのが来たらどうするつもりだったの？」

「外見にそこまで興味がなかったからな。そもそも二十歳の時点であれなら、どう歳を重ねようと美人になるだろうとは予想してた」

「ありがと。……体型キープしといてよかった」

チャペルで幻想的な写真をたくさん撮ったあと、今度はお色直しをして外で撮影。色打掛は金色の地に四季の草花と鶴が舞う、豪華で上品な一着を選んだ。今の歳だからこそ似合う大人っぽい色柄だ。

髪はあえて洋風にまとめ上げ、バックには胡蝶蘭を髪飾り代わりにたくさんあしらっている。

フォトができあがったら真っ先にお義母様に見せたいと思う。今どきの着こなしに驚いてしまうかもしれないけれど、きっと綺麗だと喜んでくれるはずだ。

綾世くんは黒のオーソドックスな紋付き羽織袴。洋装だけじゃなく和装もさらりと着こなしてしまうのが憎らしい。

「ちゃんとした式、挙げられなくてごめんな。家族や友人に見せたかっただろう？」

不意に申し訳なさそうに切り出した綾世くんを見て苦笑する。

「全然。ふたりだけの方が気楽。たくさんの人を招いたら、気を遣って楽しめないだろうし」

「それは同感」

良家の結婚式なんて、想像しただけでヘトヘトになる。きっと千人規模の式になるんだろうなあ。

それはそれで素敵なのだろうけれど、私は今のこの形で充分だ。

「こうして梓を見てると、ドレスを着せてあげられてよかったと思う。一番美しい姿を記録に残しておきたいから」

臨月のこの姿を一番美しいと言ってくれたことが嬉しかった。

綾世くんは私の額に顔を寄せる。頬ずりやキスをしたらメイクが落ちてしまうから寸止めだ。彼が擦り寄りたそうに我慢しているのがわかる……。

「これからはたくさん写真を撮ろうね。今まで撮らなかった分もたくさん」

「子どもが生まれたら、あらためて式を挙げるのもいいかもしれない」

「そうだね。綾世くんのお父様やお母様も招いて家族で式を挙げよう」

「もちろん、梓の家族もだぞ？」

綾世くんのひと言に、思わずぎしりと固まった。

父とは結婚して以来なんとなく気まずくて、ほとんど連絡を取っていない。もう嫁に出た娘なんて、興味はないかと思っているのだけれど……。

「梓のお父さん、娘を幸せにしてほしいって頭を下げに来たんだぞ」

「それは、家業のために――」

「家業は順調だそうだ。あの人は堅実な経営者だし、俺の後ろ盾なんかなくたって充分やっていけた」

「え……？」

驚きの事実に目を大きく見開く。私は家業を救うために嫁がされたのではないの？

「一度お父さんと話してごらん。ちゃんと話せば梓を誰より愛してくれているとわかるから」

そう穏やかに語り、誠実に微笑む。

私が綾世くんと密約を交わしていたように、父と綾世くんの間にもなんらかのやり取りがあったのだろうか？

いずれにせよ、私を綾世くんと巡り会わせてくれたのは父なのだから、幸せになれたと報告すべきだ。

この子のことも——とそっとお腹をさする。元気な子を産んで両親に見せにいかなくては。

結婚を強いた父も、父に従うだけだった母も、わかりあえないとあきらめていたけれど。

赤ちゃんをこの手に抱く日がきたら、ふたりの気持ちが少しは理解できるようになるのだろうか。

そして一カ月が経った十月の中旬。予定日から大きなずれもなく、元気な女の子を出産した。

赤ちゃんが産声をあげている姿を見て、ようやく私が全身全霊で育んできた命を実感する。すごく小さくてくしゃくしゃだけど、確かに生きている。

綾世くんも同じだったようで、驚いているような、感動しているような、感極まった表情で出産の瞬間を見つめていた。

翌日、私の病室に小さなベビーベッドで眠る赤ちゃんが運ばれてきた。もうすぐ授乳の時間だ。

自然と胸が張り、お乳が出るようになった。昨日まではそんなことなかったのに。人間の体ってすごく不思議だ。

「授乳が……意外と……難しくて」

赤ちゃんの口はとても小さい。加えて、胸を見つけて自然にかぶりついてくれるほど器用でもない。飲みやすい角度で乳房を口に差し込んであげなければならないのだが、それがなかなか難しい。

唇からぽろりと落ちてしまわないように、赤ちゃんをしっかりと抱いてあげる。

一応私の胸を見ないようにそっぽを向いてくれていた綾世くんだったが、赤ちゃんが無事胸にかぶりついたのを確認し、こちらを向いた。

「すごい。ぐいぐい飲んでるな」

「お腹減ってるんだね」

「お乳は……出てるのか？」

「一応出てるみたい。あんまり実感はないけど」

赤ちゃんの授乳前後の体重差から割り出すアナログな授乳量の測定をしたのだけれど、おっぱいを飲んだあとはちゃんと体重が増えていたので感動した。

「なんだかかわいいな。見ていると飽きない」

「泣くと結構すごいよ？　あれを見てもまだかわいいって言えるかなあ……？」

大人しい赤ちゃんを見てうっとりしている綾世くんを、試すように尋ねてみる。

「いや、かわいいだろ。なにしたってかわいいだろ？」

さっぱりわからないといった顔で首を傾げる。

まだ綾世くんは体感していないのだ。あの強烈な絶叫を。一緒に暮らすようになれば、洗礼のように味わうだろう。

「うふふふ。綾世くんがどんな反応するか、楽しみだな」

「え？　なんだ？　かわいくなかったのか？」

「かわいいんだけど、すごーく焦るよ」

あの瞬間に笑顔でかわいいねと言えたなら、かなりの精神力だと思う。

もう少し慣れれば余裕も出てくるのかもしれないけれど、少なくとも今朝、泣かれたときはあわあわした。

「赤ちゃんは泣いたって笑ったってかわいいだろ」

「ちなみに笑うのはまだまだ先。今の赤ちゃんは泣くことしかできません」

「まったく問題ない。泣くのが仕事なんだから。大いに泣いてくれ」

余裕を見せていた綾世くんは十分後、授乳量が足りなくて泣き始めた我が子を前に、さっそくあわあわすることになるのだが。

赤ちゃんの前では私たちも経験値ゼロの子どもに戻ってしまう。こうやって親も子どもとともに成長していくのだろう。

綾世くんと相談して、この子の名前は『乃愛《のあ》』にした。

私たちの愛を一身に受けて育ってほしい、そしてたくさんの人からたくさんの愛を受け取ってほしい。

やがてこの子が世界に多くの愛をもたらすように、願いを込めて名付けた。

第八章　愛しの全肯定旦那様～子どもは何人産みますか？～

出産から八カ月。とうとう新居の完成だ。

引き渡しの日、私はお客様として新居に赴き、できあがった家に足を踏み入れた。

都内の一等地に建つ大きな邸宅。一階には家族みんなで過ごせる吹き抜けのリビングとキッチン。

その奥にはバスケットゴールも設置可能な天井の高いレクリエーションスペースを作った。

二階は寝室とそれぞれの書斎。子ども部屋は何人産まれても対応できるように広めに取って、客間も用意した。

そしてさらなるこだわりは、中二階にある防音室。いつか乃愛がピアノやバイオリンなど楽器を習い始めたときに、思う存分、音を出せるように設置した。

私が設計を済ませたあと、建物本体着工以降は、すべて濱岡が取り仕切る設計チームに任せたのだが、思い描いていた通りの家に仕上がって大満足だ。

もちろん、私だけじゃない。綾世くんも日の光がたっぷり入る大きなリビングに感動してくれた。

「家具も、赤ちゃんに危険がないようにちゃんと考えてくれたんだな」

余計な家具は置かず、小物やコンセントなどはすべて収納できるように作った。床材は柔らかい無垢材を使い、キッチンから見えやすい一角に子どもが遊べる畳敷きの間を設置した。

段差を減らし、テーブルや椅子、ベンチは角の丸いものを採用。細かいところではドアノブや棚のチャイルドロック対策、さらに階段やキッチンなど危険な場所にはベビーゲートを設置。手すりも子ども用と大人用をそれぞれ用意した。

「建築実例としてポピーホームズのサイトに載せてもらう予定なんだ。こういう家を建てたいってお客様が来てくれるといいな」

「きっと来るよ。子育てを考えている夫婦にはとても魅力的な家だと思う」

『クオリティが低ければ容赦なくダメ出ししますから』——そう言っていた綾世くんだったけど、幸いにもダメ出しはなさそうだ。

「企業の実例としての価値は充分あるが——」

綾世くんが柔らかく微笑む。

「『斉城梓』がこれまで請け負ってきた設計の集大成として、価値のある実例になったんじゃないか？」

彼の言葉に大きく目を見開く。

これが私の十年間の集大成——なんだか感慨深くて、ドアひとつ、フローリングの木板一枚にまで愛着が湧いてくる。これらの素材もすべて自分で選んだものだから。

そのとき、綾世くんの腕の中ですやすやと眠っていた乃愛が目を覚ました。

一瞬「ふええっ」とぐずったが、周囲の様子が違うと気づき、泣き止んでパチパチと目を瞬く。

八カ月の赤ちゃんは、視力〇・一くらいなら見えているという。パパの顔、ママの顔、そして明るいリビングを見て、穏やかな表情になった。

「乃愛も気に入ってくれた？」

畳敷きの間に下ろしてあげると、床をぺちぺちと触りながらハイハイを始めた。

「気に入ったみたいだな」

「よかった。ここで乃愛は大きくなっていくんだね」

家はどんなときも私たち家族を守り包み込んでくれる。

乃愛が大人になったとき、思い出の中にはいつもこの家があるだろう。

「乃愛だけじゃない。俺たちも」

造り付けのベンチスペースで、掴まり立ちをしようとしている乃愛を見守りながら、綾世くんが私の手をきゅっと握る。

「成長、って言い方でいいのかな。いい歳の取り方をしていきたい」

「……うん。そうだね」

五年、十年、二十年経って、乃愛が大人になって私たちが歳をとっても、この場所が家族を結びつけてくれるように祈った。


引っ越しを完了して、最初に招いたのは私の両親だった。

孫に会わせたかったのもあるが、私が設計したこの家を見てほしかったのだ。これが私の仕事だと伝えたかった。

綾世くんはリビングのベンチスペースで、乃愛を膝に乗せて遊んでくれている。その間に私は両親に家の中を案内した。

「これをお前が作ったのか」

久しぶりに会う父が、リビングから吹き抜けの天井を仰いで、感じ入るように呟く。

「うん。これが私の仕事」

壁をトントンと叩きながら、私は誇らしげに構造を説明した。

「すごいわねえ。こんな立派な家を設計したのね」

母は素直に感動している。対して父は、まるで粗でも探すかのように細かく周囲を観察しながら唸った。

「随分と広い空間だが。耐久性は問題ないのか」

大規模建設や土木に関する経営を生業とする父。分野は違えど同じ〝建てる〟という職業柄、気になったのだろう。

「もちろん最高等級だよ。その辺の自由度がうちの会社の強みだから」

ほかの会社では作れない家が、うちなら作れる。そんな強みを最大限生かした設計を心がけてきた。

「これでも私、係長なんだ。部下たちの設計の確認をするのが主な仕事なの。こういう大きな邸宅とか複雑な家は、直接任されたりもするし」

男性も女性も対等に働く時代。社会に女性の居場所はある。そうわかってほしい。乃愛だって成長したら、なにか特別な職業に就くかもしれない。経営者かもしれないし、技術者やアーティストかも。その夢を否定せず、可能性を信じてあげてほしい。

「女性でもちゃんと世の中の役に立てるんだよ」

すると父はゆっくりと頷き、静かに切り出した。

「知っているよ。うちの会社でも女性は活躍している。最近、女性役員も増えたが、なかなか鋭い視点を持っていてな。賢さにいつも舌を巻く」

驚いて父を見つめる。もしかして私が家を出た十年の間に、父の価値観は変わったのだろうか。

しかし父は表情を曇らせる。

「だが、彼女たちの苦労は並大抵じゃない。閉鎖的な土地柄のせいか、女性の活躍に否定的な男たちも多い。女性だけ特別に守ってやることもできんしな。かわいそうに思いながら見守るしかなかった」

「それって……」

父自身が女性に偏見を持っていたわけではなく、周囲の偏見が酷かったから？

私に『女は社会に出なくていい』と言ったのは、そうした偏見から守るため？

「……確かにそれはそう。こっちだってそういう男性がいないわけじゃない」

ここまで来るのに、嫌な思いをひとつもしなかったとは言わない。

父は腕を組み、静かに頷いた。

「苦労は買ってでもするといい。だが、不条理を買う必要はない。実になる苦労と、ならない苦労がある。無駄な苦労など味わわなくていい」

それが四十年以上現場を見てきた父が辿り着いた境地なのだろうか。

今は女性も社会に出るのが普通だが、昔は私が知る以上に酷い環境だったのかもしれない。

「お父さんの考え方はわかった。……でも、それはちょっと過保護だと思う」

私を信じて、もう少し好きにやらせてみてほしかった。

「それに政略結婚はやりすぎだよ。お兄ちゃんたちからも聞いたけど、無理に後ろ盾を作る必要なんてなかったんでしょう?」

経営はそれなりに順調で、私が良家に嫁ぐ必要などなかったらしい。

結果的にはいい人に巡り会えたけれど、酷い男に嫁がされていたらどうなっていたことか。

「それについては梓が悪い。お前、妻子持ちの男と交際しようとしていただろう」

「なっ――」

なんでそれをお父さんが知ってるの!?

すかさず綾世くんが膝の上にいる乃愛の耳を塞いだ。まあ、聞こえていても理解はできないと思うけど。

「あれは……違う！　付き合う前に妻子持ちだってわかって、即サヨナラしたんだから！　っていうかどうしてそんなことをお父さんが知ってるわけ!?」

咄嗟に綾世くんを見るが、彼はスンとした顔で首を左右に振る。彼が報告したわけではないらしい。

父は眉間に皺を寄せたまま、コホンと咳払いをした。

「あまりにも連絡をよこさないから、ちゃんと生活しているのか気になって……探偵を雇ったのだ」

「た、探偵!?」

あまりの衝撃で唖然とする。乃愛は耳を塞がれたまま、ママどうしたの？　という顔できょとんとこちらを見つめている。

「娘に探偵をつけるなんてやりすぎよ！　だいたい、心配だったならだったで、どうして男関係まで調べる必要があるのよ！」

「梓がまともな男と交際しているようなら、見合いや縁談など不要だと思っていた。だが既婚男性にまで手を出し始め、果ては仕事が恋人だなんて言い出しただろう。親として放っておける状況ではない」

「仕事が恋人って、どっから集めた情報よ、それ！」

親子喧嘩を始めた私たちを見て、気が済むまでやらせた方がいいと思ったのか、綾世くんは乃愛を抱いてそっとリビングの窓から庭に出た。乃愛をミニ滑り台に載せて遊ばせ始める。

見かねた母が「ふたりとも、落ち着いて」と困惑顔で間に入ってきた。

「確かに探偵をつけたのはやりすぎだったわ。梓、ごめんなさい。お父さんもそう思っているのよね？」

そう父に謝罪を促す。一応悪いとは思っていたのか、父は「すまなかった」と渋々謝った。

頑固で素直じゃない父がそう口にしただけでも進歩かもしれない……。

「お父さんは梓が心配で心配でたまらないの。やっとできた大事な女の子ですもの。本当は家から出さずに大事に大事にかわいがってあげたかったのよ？」

それで『家で母さんと一緒に花嫁修業をしなさい』って言ったの？　真相を知れば知るほど呆れてくる。

「大事にしてくれるのはありがたいけど。それじゃ私のためにならないって、わかってるでしょう？」

度が過ぎた過保護は、親のエゴでしかない。私が問い詰めると、父は今度こそ「悪かった」と真面目な顔で謝罪した。

「もう少し信頼すべきだった。すまない」

そう真っ向から謝られると、これ以上は責め立てられない。

私の仕事は認めてくれたみたいだし、結果的に幸せな結婚ができたのだから、感謝すべき部分もある。

「まあ……わかってもらえたならいいよ。私もすっきりした」

両親と私、向かい合ってソファに座ると、ふと父が神妙な面持ちで切り出した。

「梓。今の会社を辞めて、うちで役員をするつもりはないか」

「は？」

まさか今さら家業を、しかも役員を勧められるとは思わず、ぽかんと口を開く。

「梓の手腕を認める。経営に興味があるなら、うちに戻ってきなさい。兄たちと一緒に私の後を継ぐといい」

ようやく父が私を認めてくれた。

これまでの努力や苦労がすべて報われた気がして心が軽くなる。

私はこれまで父にそう言ってもらいたかったから、仕事を頑張ってきたんだ。

でも——。

「ううん。私は今の仕事が好き。自分の手で掴んだ場所だから」

まだやるべきことがあって、私に期待してくれる人たちもいる。もう少しここで頑張りたいと思う。

「それに、よその会社で働かせるくらいなら、目の届くところに置いておいた方がマシ、とか思ってたりしない？」

少なからずその打算はあったようで、両親はしまったという様子で顔を見合わせる。

すると庭に繋がる窓が開き、綾世くんと乃愛が戻ってきた。

「決着はつきましたか？」

あっけらかんと尋ねてくる彼。私の代わりに父が答える。

「梓の完全勝利だ。綾世くん、君にも迷惑をかけてすまなかった」

「いいえ。俺は感謝していますよ。娘さんとのご縁をくださってありがとうございました。彼女は最高の女性です」

そう言って両親の斜め前に座り、乃愛を膝に乗せる。乃愛は「だあー、あーっ」と両親に向かって手を広げながら喃語で語りかけた。

「かわいいな、乃愛は。梓の小さい頃にそっくりだ」

父の目が蕩ける。こんな顔を見せるのは初めてだ……なんとなく過保護の片鱗が見えた気がした。

やはり孫はかわいいのだろう。兄たちはまだ子どもを産んでないから、なおさらだ。

「いつでも遊びに来て。客間もあるから」

「お前も気が向いたら帰ってきなさい。兄たちも乃愛に会いたがっている」

「ありがとう。そうする」

随分と時間がかかってしまったけれど、ようやくわかりあえた。

それに乃愛がいる今なら、両親の気持ちがよく理解できる。

子どもが大切で傷つけたくない気持ち、ずっと抱きしめて離したくない気持ち。これはどれだけ成長しても変わることはないのだろう。

「お父さん、お母さん。私を立派に育ててくれて、ありがとう」

ずっと言えなかった言葉を口にすると、ふたりはまいったように、でも嬉しそうにはにかんでいた。


夕食を食べたあと、両親は車で自宅に帰っていった。

乃愛はおじいちゃんとおばあちゃんにたくさん遊んでもらって満足したのか、ふたりが帰ってすぐに熟睡。しばらくはぐっすりと眠るだろう。

「お父さんと向き合えてよかったな」

お風呂上がり、綾世くんは濡れた髪を乾かしながらリビングにやってくる。

先に上がっていた私は、ソファでメールの確認作業をしていた。明日は仕事、乃愛は保育園に預ける予定だ。

「ああ、悪い。仕事してたのか」

「ううん、大丈夫。もう終わったから」

そう言ってノートパソコンを閉じる。綾世くんがミントとライムを漬けたフレーバーウォーターをグラスに注いでふたつ持ってきてくれた。

「できるだけ仕事は持ち帰らないって決めたの。家では乃愛を見ていてあげたいから」

シッターを雇うこともあるけれど、できる限り私自身が育児をしたいと思っている。

だって、乃愛はかわいいもの。ずっとずっとそばにいて成長を見守ってあげたい。

「新しい働き方の提案、だっけ？　どう？　うまくいってる？」

「うーん……気を遣うことが多くって」

正直、がむしゃらに働けって言われた方がシンプルで楽かもしれない。

男も女も、育児をしている人もしていない人も、いろんな価値観を持つ人全員を納得させるのは難しい。

「今までの逆をやって、みんなが納得する成果をあげなきゃならないんだ。最初のひとりっていうのは、すごく難しいと思う」

綾世くんが賛同するように頷きながら、私の隣に腰かけた。

「でも、きっと梓なら最初のひとりになれる。あなたは賢い人だから」

「……ありがとう」

彼の肩にトンと頭を乗せる。さすが全肯定旦那様、私のモチベーションを上げるのが上手だ。

「綾世くんも大変なんじゃない？　今まで以上に早く帰ってこようとしてくれてるでしょう」

「それこそトップである俺が前例を作らないと」

彼は彼で新しいスタイルを提案しようとしている。昔のように子育ては女性だけがするものじゃない、男性も関わっていく時代だから。

トップの彼がそう考えているなら、仙國不動産の未来は安泰だろう。

「乃愛のために頑張ってくれてるんだ」

「乃愛のためだけじゃない。梓のためにも」

「私？」

きょとんとしていると、彼の手が頬に伸びてきて、額にちゅっと口づけされた。

「梓だって大事だ。俺がどれだけ妻を愛してると思う？」

綾世くんが守ろうとしているのは娘だけではない、妻である私も——嬉しいと同時に、ちょっぴり恥ずかしい。

「いい旦那様だね」

「いい旦那様になるように、梓が俺を転がしているんじゃないか？」

そう言ってゆっくりと私の上に体重をかける。艶やかな眼差しといたずらっぽい笑みから、私をいじめたがっているのが伝わってくる。

これは綾世くん流の甘え方なのだと、最近わかってきた。

「どんな旦那様がいい？　なんでもしてあげるから、言ってごらん」

一応、従順なつもりなのだろうか。ここまでくると、どちらが転がされているのかわからない。

「じゃあ……そろそろ、妊活再開してもいいかなあなんて思ってるんだけど……どう？」

綾世くん自身が忙しかったのもあるけれど、仕事と育児でお疲れモードの私をいたわるためにも、最近は夜の営みがご無沙汰気味だった。

そろそろまた彼にいじめられる日々に戻ってもいいかなあ、なんて思っている。

「仰せのままに。毎日かわいがってあげる」

ちゅっと慣らしのようなキスをしてから、本番とばかりに深い深いキスを施される。

彼の舌が絡みついてきて息ができない。こんな激しいキス、いつぶりだろう。

彼の指先がさっそく、私の体のラインを確かめるように這ってきた。胸を包み込まれ、思わず「あっ――」と甘い吐息が漏れる。

「声は抑えて。乃愛が起きちゃう」

「私、そんなに大きな声、出したことあった？」

「自覚がない？　あんまりあんあん言ってると、防音室に連れ込んで声が嗄《か》れるまで抱き潰すよ？」

防音室はそんな用途で作ったんじゃない！　首を大きく横に振ると、彼はくつくつと喉の奥を振るわせた。さすがに冗談――だったんだよね？

「寝室に行こうか。今日は昔みたいにたっぷり奉仕してあげる」

そう言って私を抱き上げ、階段を上っていく。薄暗い寝室でベッドに寝かされ、その上に彼が覆いかぶさってきた。

早く繋がりたいとでもいうように体を揺らす彼を見て、じわりとお腹の奥底が疼いてくる。

久しぶりだから敏感になっているのだろうか。彼が欲しくてたまらない。

「かわいいよ、梓」

こんなに暗くても顔が見えるのだろうか。火照っているのも伝わってる？

思わず口もとを隠し、目を逸らす。

「いつまで経っても梓は、ベッドの中では初心だなあ」

「この歳で初心なんて言われても、嬉しくないんだけど」

「俺は嬉しいよ。最高に褒めてるつもりだ」

彼はゆっくりと私の前を開いて、指先を潜り込ませる。相変わらず私をいじめるのが上手。弱いポイントを熟知している。

「今日は……小細工しなくていいから」

「わかったよ。手加減ナシで、たっぷり愛してあげる」

そう宣言して、私の体に情熱を突き立て、愛の証を流し込む。

彼に愛されるこの瞬間が幸せでたまらない――。

心地よさに支配されて、ふわふわと眠気が押し寄せてきた。

いつものように彼が腕を差し出してくれる。頭を載せるなり、ぷつりと意識が途切れ、夢の世界に導かれた。

明るいリビングで、子どもたちに囲まれる私たち夫婦の姿。男の子も女の子もいて、賑やかで温かい家族の形がそこにある。

これが現実になるように、前を向いて彼とともに歩いていきたい。

いつかパパ、ママと呼んでもらえる日を夢見て。

END

あとがき

伊月《いづき》ジュイです。策士な年下御曹司の執着愛、楽しんでいただけたでしょうか？

お堅いヒーローがヒロインにずぶずぶ溺れていく様子を描きたくて、さらに年下くんが大型犬（狼？）のようにわふんわふん懐いてくる様子も描きたくて、全部押し込めてみた一作です。

頼りになるヒーローではありますが、かわいさも感じてもらえると嬉しいです。

ヒロインは建築士。かくいう私も、現在実家の建て替え中で、作中で出てくるようなやり取りを建築士の方とさせてもらいました（間取りを考えたり建具や壁紙を選んだり、楽しくて夢が広がりました……！）。

責任重大なお仕事ではありますが、やりがいがあって素敵だなあと感じました。

最後になりますが、出版にあたりお世話になったマーマレード文庫のみなさま、担当様、表紙を描いてくださった倉吉《くらきち》サム様、本当にありがとうございました。

ここまで読んでくださったみなさまに、少しでもハッピーが伝わりますように。

伊月ジュイ

マーマレード文庫

離婚前提だと思っていたら、策士な御曹司からの執着愛が止みそうにありません

2024年6月15日　第1刷発行　定価はカバーに表示してあります

著者　伊月ジュイ　©JUI IZUKI 2024
編集　株式会社エースクリエイター
発行人　鈴木幸辰
発行所　株式会社ハーパーコリンズ・ジャパン
東京都千代田区大手町1-5-1
電話　04-2951-2000（注文）
0570-008091（読者サービス係）
印刷・製本　中央精版印刷株式会社

Printed in Japan ©K.K. HarperCollins Japan 2024
ISBN-978-4-596-63612-6

m a r m a l a d e b u n k o